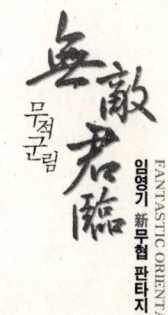

무적군림

無敵君臨

임영기 新무협 판타지 소설

FANTASTIC ORIENTAL HEROES

무적군림 9

임영기 新무협 판타지 소설

초판 1쇄 찍은 날 § 2011년 11월 22일
초판 1쇄 펴낸 날 § 2011년 11월 29일

지은이 § 임영기
펴낸이 § 서경석

편집부장 § 권태완
편집 § 주소영

펴낸곳 § 도서출판 청어람
등록번호 § 제1081-1-89호
등록일자 § 1999. 5. 31
어람번호 § 제2-2176호

주소 § 경기도 부천시 원미구 심곡2동 163-2 서경B/D 3F (우) 420-822
전화 § 032-656-4452 팩스 § 032-656-4453
http://www.chungeoram.com
E-mail § chungeoram@chungeoram.com

임영기 新무협 판타지 소설

FANTASTIC ORIENTAL HEROES

無敵君臨

9

신인(神人)

무적군림

도서출판
청어람

目次

第九十三章
천하제일인의 죽음

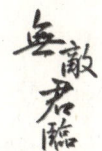

단유천은 밤새 고민에 고민을 거듭했다.

사부 화명군이 그에게 제안한 한 가지 방법 때문이다.

하지만 화명군은 그런 방법도 있다는 것을 알려주었을 뿐이지 조금도 강요하지 않았다. 그러므로 선택은 오로지 단유천의 몫인 것이다.

진진하 싸움에서 단유천이 태무랑과 싸우다가 중상을 입은 지 열흘이 가까워지고 있지만 옆구리 상처의 회복 속도는 마냥 더디기만 하다.

더구나 왼팔은 완전히 팔 병신이 돼버렸다. 으스러진 어깨는 그대로 굳어서 왼팔로는 아무것도 하지 못하고, 손가락 하나도 까딱하지 못하는 신세다.

그러니 왼팔은 움직일 때마다 그저 덜렁덜렁 볼품없이 흔들릴 뿐이다. 그런 꼴을 보이지 않으려면 왼팔을 몸에 묶어야만 하는 상황이다.

남경에서 제때에 사부가 나타나지 않았더라면 그는 꼼짝없이 은신처에 앉아 있다가 태무랑에게 제압당해서 갖은 고초를 당하다가 비참한 최후를 맞이했을 것이다.

그때 이후 단유천은 사부에게 아무런 도움도 못 되는 짐짝 같은 신세로 전락하여 이곳 북경까지 왔다.

그리고 앞으로도 그는 사부에게 도움이 되기는커녕 귀찮은 존재로 남게 될 것이다.

또한 태무랑과 마주치지 않기 위해서 전전긍긍해야 하며, 운 나쁘게 그와 마주치면 그날이 죽는 날이라고 봐야 마땅할 것이다.

말 그대로 지금부터는 단유천의 남은 인생 자체가 파란만장한 가시밭길이라는 뜻이다.

하지만 사부가 제안한 방법을 받아들이기만 하면 모든 것이 변할 것이다.

파란만장할 것 같은 미래는 탄탄대로가 되고, 태무랑을 만나면 도망치지 않아도 된다. 아니, 오히려 태무랑이 무서워서 꽁무니를 뺄 것이다.

그런데도 단유천이 사부가 제안한 방법을 받아들이지 못하는 데에는 그만한 이유가 있다.

그 방법을 사용할 경우에는 수많은 무고한 여자들의 목숨을 빼앗아야만 하기 때문이다.

화명군이 단유천에게 권한 것은 초음삼화경(超陰森化境)이라는 수법이다.

그 수법은 무림에 정파나 사파, 마도 같은 구분이 탄생하기 전인 이천여 년 전에 단 한 차례 출현했다가 무림, 아니, 천하를 시산혈해(屍山血海)로 만들어놓고는 홀연히 사라졌던 공포의 저주받은 무공으로, 후세에는 그 무공을 달리 초마신경(超魔神境)이라고도 불렀다.

그 무공을 연성하려면 천 명의 여자가 필요하다. 수십 명도 아니고 무려 천 명이다. 더구나 그녀들을 모두 죽여야만 초음삼화경을 이룰 수가 있다.

그뿐 아니라 천 명의 여자가 하나같이 처녀지신(處女之身)이어야만 한다. 즉, 순결한 동녀(童女)여야 한다는 것이다.

그래야지만 한 번도 사내에게 더럽혀지지 않은 동순혈(童純血)을 얻을 수 있기 때문이다.

동녀 천 명을 죽여서 얻어낸 동순혈을 밑바탕 삼아서 특수한 심법구결을 꾸준히 연마하여 그것을 공력으로 만들어 발휘하는 것이 바로 초음삼화경, 즉 초마신경이다.

화명군은 단유천에게 단 두 가지만 말해주었다.

첫째, 천 명의 동녀를 죽여야지만 초음삼화경을 터득할 수 있다는 것.

둘째, 초음삼화경을 극성으로 연마하고 나면 천상천하유아독존(天上天下唯我獨尊)이 된다는 것이다.

"음! 천상천하유아독존……."

단유천은 벌써 수백 번도 더 중얼거린 그 말을 다시 한 번 뇌까렸다.

맞은편 벽을 쏘아보고 있는 그의 두 눈에는 핏발이 곤두서 있었다.

지금 그의 눈에는 맞은편 벽이 보이지 않는다. 오로지 태무랑의 얼굴만 뚜렷하게 보일 뿐이다.

*　　　　*　　　　*

태무랑 일행이 북경에 도착한 그 다음날 술시(밤8시) 무렵의 서안문로.

그 시각은 서안문로뿐만 아니라 북경 성내가 가장 붐비는 때이다.

그런데 갑자기 이백오십여 장 길이의 서안문로에 인적이

뚝 끊어졌다.

거리에서 흔하게 볼 수 있었던 비루먹은 개 한 마리조차 보이지 않았다.

하루 중에 가장 흥청거려야 할 시각임에도 마치 자정이 훨씬 넘은 듯한 고요한 분위기다.

그 이유는 동창과 서창의 고수들이 서안문로 양쪽을 통제하고 있기 때문이다.

통제를 시작한 지 채 반다경도 지나지 않은 상황이라서 그 사실을 현도왕가에서는 모르고 있는 듯하다.

다만 전문을 지키고 있는 군사들만이 갑자기 끊어진 인적 때문에 이상하다는 표정을 지으며 대로 양쪽을 두리번거리고 있을 뿐이다.

솨아아—

바로 그 순간에 느닷없이 사방에서 수천 명의 고수들이 밀물처럼 몰려들어 한꺼번에 현도왕가의 높은 담을 날아서 넘어 들어갔다.

현도왕가 전문을 지키고 있는 군사들은 혼비백산했다. 갑자기 전문 건너편 전각 지붕 위에서 정체불명의 고수 수백 명이 양쪽으로 길게 늘어선 대열로 불쑥 허공에 나타나더니 단숨에 날아서 현도왕가로 한꺼번에 진입하는 광경을 발견했기 때문이다.

그런 상황이 현도왕가를 중심으로 사방에서 벌어지고 있다는 사실을 전문을 지키는 군사들은 알지 못했다. 하긴 그들은 자신들의 눈앞에서 벌어지고 있는 광경만으로도 충분히 경악하는 중이다.

현도왕가의 전문 쪽 서안문로 위를 날아서 진입하고 있는 사람들은 황궁의 동창, 서창 고수들 팔백여 명이다.

그들은 전문을 지키는 군사들을 건드리지 않았다. 그들의 상대는 일개 군사 따위가 아니라 현도왕가 내부에 있는 고수들이기 때문이다.

현도왕가의 좌우 담은 철화천궁의 철화군단 팔백여 명이, 그리고 뒷담은 절정문 고수 이백 명과 개방제자 오백여 명이 거의 동시에 날아서 넘는 중이다.

도합 이천삼백여 명의 대규모 고수들이 일제히 현도왕가를 급습하고 있는 것이다.

태무랑은 벽교상, 비한, 은지화와 함께 현도왕가의 왼쪽 담을 넘어 진입했다.

소천군은 가빈과 함께 절정문 고수 이백 명을 이끌고 뒷담을 넘었다.

지금 현도왕가에 뛰어든 모두에게는 각자 맡은바 임무가 주어져 있다.

개방방주 괴노협은 현도왕가 내부를 재빨리 파악하여 모두에게 알려주는 역할을 한다.

현도왕가에 대해서는 알려져 있는 바가 거의 없기 때문에 내부를 제대로 모르면 계획이 실패할 수도 있다.

괴노협이 알아내야 하는 것은 인질들과 화명군, 현도왕, 그리고 단유천이 있는 위치다.

태무랑과 벽교상, 비한, 은지화는 인질, 즉 수월화와 무령왕을 구출하는 것이 임무다. 물론 그들이 이끌고 있는 철화군단도 그 임무에 주력한다.

소천군의 임무는 화명군을 죽이는 것이다. 화명군이 없는 현도왕은 어렵지 않게 처리할 수 있을 터이다.

그렇기 때문에 소천군과 태무랑 등의 임무가 가장 중요하다고 할 수 있다.

습격 시간을 술시로 정한 이유는 현도왕이 황궁에서 유시(저녁 6시)에 퇴청하여 현도왕가로 돌아오고, 반드시 그를 죽여야 하기 때문이다.

"와아앗!"

"습격이다!"

현도왕가 사방의 담을 갑자기 날아서 넘어온 이천삼백여 명의 고수들로 인해서 내부는 갑자기 일대 혼란에 빠져들었다.

현도왕가에 황궁고수 오백여 명과 무림고수 천여 명이 상주하고 있기는 하지만, 그들이 상시 눈을 부릅뜬 채 지키고 있는 것은 아니다.

태무랑 쪽 고수들은 현도왕가의 고수들 외의 사람들에게는 일체 손을 대지 않았다.

스치듯이 힐끗 봐도 고수인지 아닌지 단번에 알아볼 수 있어서 누굴 죽이고 누굴 건드리지 말아야 하는지 선택하는 일은 어렵지 않다.

철화군단 오백 명을 비롯한 동창, 서창의 고수 팔백 명이 수십 채의 전각 안으로 쏟아져 들어갔다.

더러는 대전 입구로 들어가기도 하지만 대부분의 고수들은 수많은 방들의 창을 부수고 들이닥쳤다. 그래야지만 급습의 효과를 극대화할 수 있다.

현도왕가에 있는 황궁고수들과 무림고수들은 강했으나 태무랑 쪽 고수들보다는 하수였다.

태무랑과 함께 현도왕가의 담을 넘은 사람들은 진짜 정예 고수들이다. 무림에서는 그런 것을 최정예라고 부른다.

더구나 급습이다. 각자의 방에서 쉬고 있던 자들은 무기를 잡을 겨를조차 없이 제압됐고, 반항하는 자들은 가차없이 죽임을 당했다.

태무랑과 벽교상 등은 철화군단 고수 삼백여 명을 이끌고 싸움에 가담하지 않으며 전각 사이를 누비고 있다.

급습이 시작된 지 열 호흡 만에 현도왕가 내 남쪽 부근에서 첫 번째 연광탄(煙光彈)이 밤하늘을 향해 수직으로 솟구쳐 올랐다.

녹색 연기인 것으로 미루어 현도왕이 있는 곳을 찾아냈다는 개방의 신호다.

신호를 발견한 소천군이 절정문 고수들을 이끌고 녹색 연광탄이 솟구친 곳으로 쏘아갔다.

현도왕이 있는 곳에는 필경 화명군도 있을 테니까 소천군과 절정문 고수들이 그 두 명을 동시에 제거할 것이다.

어쩌면 그곳에 단유천도 있을지 모른다. 그럴 경우에는 그를 제압해서 태무랑에게 끌고 오기로 사전에 미리 약속이 되어 있다.

태무랑 등은 인질들이 갇혀 있는 곳을 개방제자들이 찾아주기만을 무작정 기다릴 수가 없어서 현도왕가 내부를 돌아다니면서 뒤지고 있다.

현도왕가는 작은 자금성이라고 불릴 정도이기 때문에 전각이 수백 채에 달했다.

태무랑 일행이 쏘아가는 전후좌우의 전각 안에서 싸우는 소리와 비명 소리가 요란하게 터져 나왔다.

태무랑 등은 보통 전각하고는 뭔가 다르게 보이는 전각이나 뇌옥 같은 곳을 찾고 있다.

하지만 모든 전각들이 그게 그거 같을 뿐이라서 특이한 것은 눈에 띄지 않았다.

하긴 무령왕과 수월화 같은 중요한 인질들을 평범한 장소에 감금했을 리가 없다.

시간은 충분하다. 태무랑이 이끌고 들어온 고수들로 현도왕가의 고수들과 군사들을 충분히 압도하고도 남는다. 더구나 바깥은 동창과 서창의 고수 수십 명이 완벽하게 통제하는 중이다.

하지만 언제든, 그리고 무슨 일이든 변수(變數)라는 것이 발생하게 마련이다.

그러므로 적지 한복판에서는 되도록 빨리 목적을 완수하고 물러나는 것이 현명하다.

하지만 바늘에 실을 제대로 꽂지도 않은 채 바느질을 할 수는 없다.

현도왕가를 공격한 가장 큰 목적은 인질 구출과 현도왕 암살이므로 그것을 이루어야만 물러갈 수 있다.

원래 태무랑은 은지화의 천리추혼향을 전적으로 신뢰하고 있었다.

그런데 현도왕가에 들어오고 나서 그녀는 줄 끊어진 연처럼 뱅뱅 돌면서 당황하며 같은 말만 되풀이하고 있다.

"이럴 리가 없는데… 절대로 이럴 리가 없어… 냄새가 사라지다니……."

천리추혼향의 냄새를 맡으려면 천리추혼향을 자신의 코밑 그러니까 인중에 약간 묻혀야만 한다.

인질을 찾지 못하게 된 은지화는 인중에 천리추혼향을 하도 많이, 그리고 여러 번 묻혀서 코밑이 다 헐었고 태무랑 등도 그 냄새를 맡을 정도가 되었다.

그런데다 은지화는 수월화에게 묻혀놓은 천리추혼향의 흔적을 찾지 못해서 당황한 표정으로 어쩔 줄을 모르고 있으며, 괴노협에게서도 인질들을 찾았다는 연광탄이 피어오르지 않고 있다.

"화야, 천리추혼향 흔적이 사라졌을 때는 어떤 경우지?"

태무랑이 그녀의 팔을 잡고 멈춰 세우면서 묻자 은지화는 흠칫하는 표정을 짓더니 곧 얼굴에 두려운 기색이 잔물결처럼 떠올랐다.

"죽… 었을 경우예요."

태무랑과 벽교상, 비한은 움찔했다.

"그 외에는?"

"그 외에는……."

죽었을 경우 외에는 냄새가 사라질 리가 없다는 듯 은지화는 말끝을 흐렸다. 하지만 그녀는 뭔가 생각해 내려고 결사적으로 머리를 썼다.

"아! 그래요! 물속에 있을 경우예요!"

세 사람이 포기하려고 할 때 은지화가 환한 표정을 지으며 소리쳤다.

하지만 수월화가 물속에 있다는 것은 죽었다는 뜻이다. 그러므로 그녀가 어렵게 생각해 낸 것은 소용없게 됐다.

그러나 태무랑의 생각은 달랐다. 그는 가능성이 아무리 희박하다고 해도 포기할 줄 모르는 사람이다. 인질들이 죽었을 경우를 배제하고 다른 경우를 궁리하다가 번뜩 머리를 스치는 것이 있다.

"인공연못을 찾아보자."

벽교상과 비한, 은지화는 반색했다. 두 사람은 태무랑의 뜻을 즉시 알아차렸다.

"그렇군!"

"알았어요!"

웬만한 장원에는 거의 인공연못이 있고, 연못 안에는 근사한 누각이나 정자를 짓는 것이 보편화되어 있다.

그런데 그곳에 지하석실이 있고 또한 사람이 갇혀 있다면, 물속에 있는 것이나 비슷한 상황일 것이다.

무령왕가에도 당연히 그런 건물들이 있기 때문에 그것에 착안한 것이다.

괴노협은 이런 상황을 모르는 터라서 엉뚱한 곳을 뒤지고 있을 것이다. 그러므로 그들을 기대할 수는 없다.

"제가 괴노협에게 알려주겠어요!"

그때 은지화가 태무랑 일행에게서 떨어져 나가 쏘아가며 소리쳤다. 그녀는 천리추혼향에 대한 책임이 있기 때문에 어떻게 해서든지 인질들을 찾는 데 보탬이 되고 싶은 마음이 컸다.

태무랑은 그녀의 무공이 약하기 때문에 자신에게서 떨어지지 말라고 말하고 싶었으나 그녀의 모습은 이미 전각 모퉁이로 사라져 버렸다.

태무랑으로서는 현도왕가 내에 인공연못이 몇 개나, 그리고 어디에 있는지 모르는 터라서 돌아다니면서 일일이 찾을 수밖에 없는 상황이다.

그때 벽교상이 근처에서 겁에 질려 있는 군사 한 명을 붙잡아 현도왕가 내의 인공연못에 대해서 캐물었다.

히지만 현도왕가가 워낙 방대한 규모라서 군사는 자신이 근무하고 있는 지역 내의 부분적인 상황밖에는 알고 있지 못했다.

그래서 벽교상이 군사에게서 알아낸 인공연못의 위치는 달랑 두 개뿐이다.

태무랑 등이 현도왕가에 진입한 지 일다경쯤 지났을 때 쌍방 간의 싸움은 본격적으로 진행됐다.

급습에서 살아남은 현도왕가의 황궁고수들과 상주하는 무림고수들의 수는 절반 못 되는 칠백여 명에 불과했으며, 전각 안이나 밖에서 치열하게 싸우며 악착같이 저항을 했다.

하지만 그들은 수적으로나 실력 면에서도 현저하게 열세라서 오래지 않아서 패색이 완연하게 드러났다. 그런데도 끝까지 항복하지 않았다.

태무랑이 인공연못을 세 개째 찾던 중에 벽교상이 뒤따르는 삼백여 명의 철화군단 고수들에게 흩어져서 인공연못들을 찾되 찾아내면 즉시 알려달라고 명령했다.

잠시 후에 철화군단 고수들이 연이어 돌아와서 자신들이 찾은 인공연못의 위치를 알려주었다.

태무랑 등은 그로부터 다시 이각 동안 인공연못들을 돌면서 인질들이 감금되어 있을 만한 곳들이 있는지 찾아보았으나 모두 허사였다.

결국 태무랑 등은 찾는 것을 잠시 멈추고 굳은 표정으로 모여 섰다.

"낭랑, 인질들이 이곳에 없는 게 아닐까요?"

벽교상이 걱정 가득한 얼굴로 조심스럽게 말을 꺼냈다.

태무랑은 대답하지 않았지만 그도 벽교상과 같은 생각을

하기 시작했었다.

현도왕가에 인공연못이 얼마나 많은지는 모르지만 이미 이십 개 이상 뒤져봤는데도 인질들을 찾지 못했으니 그들이 이곳에는 없을지도 모른다는 생각이 든 것이다.

아니면 이미 죽었을지도 모른다. 은지화는 천리추혼향의 흔적이 끊어진 이유로 추적하는 상대가 죽었을 경우를 들었지 않은가.

그런 것을 생각하고 싶지 않지만 자꾸만 그런 생각이 드는 것을 어쩌지 못했다.

수월화가 죽었을지도 모른다는 생각을 하자 태무랑은 발 밑이 한없이 아래로 꺼지는 절망감을 느꼈다.

그녀가 죽었을 것이라는 생각은 한 번도 염두에 두지 않았던 일이다.

아마도 생각하는 것조차도 두려웠기 때문이었을 것이다. 하지만 그것이 점차 현실이 되어가는 느낌이라서 그는 심장이 자꾸만 작게 오그라들었다.

"태 형."

그때 비한이 한쪽 방향 허공을 쳐다보며 급히 그의 어깨를 건드렸다.

태무랑이 쳐다보자 밤하늘에 붉은색의 연광탄이 춤을 추듯이 수직으로 솟구치고 있었다.

붉은색 연광탄은 괴노협과 개방제자들이 인질들을 찾았을 때에 쏘아 올리기로 한 신호다.

그것을 보는 순간 태무랑의 오그라들던 심장이 갑자기 미친 듯이 뛰기 시작했다.

어느새 태무랑을 비롯한 일행은 연광탄이 솟구친 곳을 향해서 전력으로 쏘아가고 있었다.

연광탄이 피어오른 곳에 거의 도착했을 때 소천군과 가빈이 달려와서 합세했다.

"현도왕을 죽였어요."

가빈이 의기양양하게 말하면서 수중에 들고 있는 보자기를 높이 들어 올려 보였다.

보자기 아래에서 피가 뚝뚝 흐르는 것으로 미루어서 현도왕의 수급인 듯했다.

"화명군과 단유천은 없었습니까?"

"없었다."

태무랑이 쏘아가면서 묻자 소천군은 나란히 달리면서 고개를 가로저었다.

현도왕가에는 총 사십여 개의 인공연못이 있으며 그것들은 모두 지하수로로 연결되어 있는 구조다.

그리고 그 물줄기는 현도왕가와 자금성 사이에 있는 중해라는 호수에서 끌어왔다.

현도왕가의 뒷담 가까이에는 중해에서 흘러들고 또 흘러 나가는 지하수로를 관리하는 작은 집이 한 채 있다.

그런데 그곳은 전각도 뭣도 아니고 그저 물줄기를 관리하는 곳이라서 방 한 칸도 없었다.

그렇기 때문에 개방제자들과 철화군단 고수들이 별로 신경 쓰지 않고 지나쳤던 것이다.

하지만 그 집 안에는 지하수로로 내려가는 나선형의 구불구불한 긴 계단이 있었다.

그곳으로 십오륙 장쯤 내려가면 두 줄기의 지하수로가 수평으로 나란히 흐르는 곳에 도착하며, 한 줄기는 들어오는 물줄기고, 또 한 줄기는 나가는 물줄기다.

두 줄기 지하수로 한가운데에는 한 사람이 겨우 걸어갈 수 있는 길이 곧게 뻗어 있다.

그런데 그 길로 가다 보면 또다시 아래로 내려가는 계단이 나온다.

좁은 길 한가운데 구멍이 하나 뚫려 있을 뿐이라서 여간해서는 입구가 눈에 잘 띄지 않는다.

태무랑 일행이 이 장쯤 계단을 내려가니까 그리 크지 않은, 그러나 단단한 철문 하나가 가로막았다.

가장 앞장서서 내려간 태무랑이 철문을 향해 오른손을 내밀자 오행지기의 금기가 발출되었다.

펙!

철문은 쇠로 만들었기 때문에 금기가 적중되는 순간 분해되어 기체로 화해서 흩어져 버렸다. 즉, 철문 전체가 먼지처럼 사라져 버린 것이다.

태무랑과 일행은 바람처럼 철문 안으로 쏘아 들어갔다. 그 안쪽에 어떤 위험이 있을 것인지에 대해서는 아무도 염려하거나 두려워하지 않았다. 모두들 오로지 인질을 찾아서 구한다는 생각만 하고 있었다.

그곳에는 다시 캄캄하고 좁은 긴 지하통로가 이어졌다. 태무랑 일행이 통로를 따라서 달려가고 있는 중에 머리 위에서 지하수로의 물 흐르는 소리가 들렸다.

인질들이 물 밑에 있을 것이라는 은지화의 말은 과연 틀리지 않았다.

그때 통로 양쪽에 뇌옥이 나타났다. 하나가 아니라 수십 개의 석실들이 양쪽으로 죽 길게 이어져 있었다. 그리고 굵은 쇠창살 안에는 무언가 시커먼 물체가 구석이나 바닥에 웅크리고 있는 모습이 보였다.

태무랑이 들여다보니까 시커먼 물체는 바로 사람이었다. 갈가리 찢어진 옷을 입고 머리카락을 산발했으며, 온몸에 상처가 난 모습으로 웅크린 채 잠을 자거나 혼절해 있는 모습이었다. 또한 쇠창살 안에서는 심한 악취가 풍겼다.

아마도 이곳은 현도왕가의 뇌옥인 것 같았다. 그렇다면 이곳에 수월화와 무령왕이 감금되어 있을 가능성이 크다.

뇌옥인데도 지키는 자가 한 명도 보이지 않았다. 워낙 견고하고 은밀한 뇌옥이라서 지킬 필요가 없는 듯했다. 아니면 뭔가 다른 이유가 있을 것이다.

"령아!"

마음이 급해진 태무랑은 빠르게 앞으로 전진하면서 양쪽 쇠창살 안을 살피며 큰소리로 수월화를 불렀다.

하지만 수월화의 대답은 들리지 않았다. 대신 뇌옥에 갇혀 있던 사람들이 이상한 소리를 내든가 아니면 쇠창살에 달라붙어 밖으로 손을 내밀며 살려달라고 소리쳤다.

"여기예요!"

그때 앞서간 벽교상이 통로의 중간쯤에서 기쁜 표정으로 크게 외쳤다.

태무랑이 급히 달려가서 쇠창살 안을 들여다보자 어두컴컴한 뇌옥 안 한쪽 벽에 수월화와 무령왕이 다리를 뻗은 자세로 나란히 앉아 있었다.

"령아! 아버님!"

"언니!"

태무랑과 벽교상 등이 반가움의 외침을 터뜨리고 있을 때 소천군이 일장을 날려서 뇌옥의 철문을 통째로 날려 버리고 있었다.

꽝!

태무랑은 바람처럼 안으로 달려들어 가 수월화에게 다가가며 외쳤다.

"령아!"

수월화는 마혈과 아혈이 제압됐는지 움직이지도 말을 하지도 못하는 상태에서 태무랑을 바라보며 감격 어린 표정을 지으면서 울기만 했다. 무령왕도 기쁜 얼굴로 태무랑을 쳐다보았다.

태무랑이 수월화의 혈도를 풀어주고 있을 때 비한이 무령왕의 혈도를 풀어주었다.

"무랑가! 흑흑흑!"

수월화는 태무랑 품으로 뛰어들면서 와락 울음을 터뜨렸다. 그녀는 다시는 태무랑을 만나지 못하고 이대로 죽을 것이라는 절망에 빠져 있다가 태무랑에게 구함을 받자 꿈인지 생시인지 모를 정도로 기뻐했다.

"전하, 괜찮으십니까?"

"음……."

비한의 물음에 무령왕은 미소 지으면서 고개를 끄덕이며 천천히 일어섰다.

태무랑은 품에 안긴 수월화를 일으키면서 송구스러운 표정으로 무령왕을 쳐다보았다.

"아버님, 고생시켜 드려서 죄송합니다."

그는 용서를 받기 위해서는 죽을 때까지 무령왕의 종이 된다고 해도 괜찮다고 생각했다.

무령왕은 미소 지으면서 태무랑의 어깨를 가볍게 두드렸다.

"괜찮다."

수월화와 무령왕은 얼굴이 초췌하고 옷이 조금 더러워진 것을 제외하고는 괜찮아 보였다.

태무랑은 두 사람이 변을 당하지 않았고, 또 심한 욕을 보지 않은 것을 다행으로 여겼다.

만약 그런 일이 벌어졌다면 태무랑은 모친과 남동생이 죽은 이후에 또 하나의 큰 짐을 가슴에 묻고 살아갈 수밖에 없었을 것이다.

비한과 벽교상이 무령왕에게 예를 취하고 나서 소천군과 가빈이 앞으로 나섰다.

"아버님, 소성협이십니다."

"음……."

무령왕은 지난번 진진하 싸움 이후에 소천군과 일면식이 있었기에 소천군이 포권을 하자 가볍게 고개를 끄덕이면서 빙그레 미소를 지어 보였다.

비한이 뇌옥 입구로 앞장서며 서둘렀다.

"전하, 속히 이곳에서 나가는 게 좋겠습니다."

그 말에 소천군과 가빈이 비한의 뒤를 따라 뇌옥 입구로 향하고 그 뒤를 무령왕과 벽교상이, 그리고 맨 뒤에 태무랑이 수월화의 허리를 안고 따랐다.

수월화는 태무랑의 가슴에 기댄 채 계속 기쁨의 눈물을 흘렸으며, 태무랑은 그녀의 뺨을 쓰다듬으며 재회의 기쁨을 만끽했다.

두 사람은 그렇게 서로를 바라보면서 정이 듬뿍 담긴 표정을 지으며 걸음을 옮겼다.

"......!"

그 순간 태무랑은 자신의 바로 앞쪽에서 갑자기 기이한 기운이 확 팽창되는 느낌을 받고 급히 앞을 쳐다보았다.

그리고 그가 발견한 것은 그에게 등을 보인 채 서너 걸음 앞에서 걸어가고 있는 무령왕의 오른팔이 뒤로 굽혀졌다가 쏜살같이 앞을 향해 뻗어나가고 있는 광경이었다. 그의 바로 앞에는 소천군이 걸어가고 있다.

그런데 태무랑의 눈에 무령왕의 오른손 부위에서 푸르스름한 빛이 뿜어지는 것이 보였다. 순간 무언가 태무랑의 뇌리를 번개같이 스쳤다.

'화명군!'

화명군이 태무랑 자신과 비한을 공격하여 치명상을 입혔을 때 전개했었던 바로 그 푸르스름한 장력이었다.

그것을 지금 무령왕이 소천군을 향해서 벼락같이 전개하고 있는 것이다.

무공을 모르는 무령왕이 화명군의 장력을 전개할 리가 없고, 또 소천군을 해칠 이유가 없다.

그렇다면 그는 무령왕이 아니라 화명군이 분명하다. 이유야 어찌 됐든 화명군이 무령왕으로 변신하여 뇌옥에 웅크리고 있었던 것이다.

찰나를 백으로 쪼갠 순간 태무랑은 무령왕, 아니, 화명군을 향해 벼락같이 오행운라강 하나를 발출했다. 창졸간의 발출이지만 거의 전력이 담긴 오행운라강이다.

키우웅!

큰소리로 외쳐서 소천군에게 위험을 알리는 것은 이미 때가 늦어버렸다.

태무랑의 외침이 끝나기도 전에 화명군의 일장이 소천군의 등에 적중될 것이기 때문이다.

하지만 태무랑이 오행운라강을 발출하면 화명군이 공격을 중단할 가능성이라도 있다.

태무랑에게 당할 것을 알면서도 계속 공격하지는 않을 것이기 때문이다.

소천군으로서는 이런 상황에서 도저히 어떻게 할 방법이 없을 것이다.

그가 아무리 천하제일의 무공을 지니고 있어도 완전히 방심하고 있는 상태다.

그의 뒤에는 적이란 없고 오직 아군만 있는데 어찌 뒤를 경계하겠는가.

그의 불과 두 걸음 뒤에서 소천군과 쌍벽을 이룰 정도로 고강한 화명군이 가하는 급습을 피하거나 막을 수 있는 방법은 전무하다.

벽교상은 움찔 놀라 화명군을 쳐다보는 중이고, 수월화는 아무것도 모른 채 여전히 태무랑 가슴에 고개를 기대고 눈물을 흘리고 있다.

그러므로 화명군의 급습이 얼마나 창졸간에 벌어지고 있다는 뜻이겠는가.

화명군이 소천군을 급습하는 것을 발견한 사람은 태무랑 혼자뿐이다.

그렇다는 것은 그것을 제지할 수 있는 사람도 태무랑뿐이라는 뜻이다.

스읏!

그런데 화명군이 갑자기 수직으로 불쑥 솟구쳤다. 겉보기에는 태무랑의 공격을 피한 것처럼 보였다.

하지만 등 뒤에서의 불시의 공격을 이처럼 간단하게 피하는 것은 불가능한 일이다.

그러나 태무랑이 공격할 것이라는 사실을 화명군이 미리 예측하고 있었다면 얘기는 다르다.

미리 만반의 준비를 하고 있었을 것이므로 충분히 피할 수 있다는 것이다.

그런데 모든 것은 다음 순간에 확연해졌다.

화명군이 급습을 가하는 느낌과 태무랑이 오행운라강을 발출하면서 낸 음향을 거의 동시에 감지한 소천군이 힐끗 뒤돌아보고 있었다.

"……!"

그 순간 태무랑은 깨달았다. 화명군은 소천군을 공격하지 않고 공격하는 척만 해서 태무랑의 공격을 유도했다는 사실을 말이다.

즉, 화명군은 남의 칼을 빌려서 적을 죽이는 차도살인지계를 꾀한 것이다.

그렇게 하면 소천군을 죽이거나 치명상을 입힐 수도 있고, 자신도 무사할 수 있기 때문이다.

태무랑이 놀라고 있는 사이에 이미 오행운라강은 화명군이 있던 곳을 지나 막 뒤돌아보고 있는 소천군의 가슴을 향해 무서운 기세로 쏘아갔다.

　소천군의 얼굴에 의아함과 놀라는 표정이 떠오르는 것을 태무랑은 발견했다. 태무랑이 느닷없이 자신을 급습하는 것을 목격했으니 당연한 일이다.

　거리가 너무 가깝고, 오행운라강의 기세가 지독하게 빠르고 위맹해서 태무랑으로서는 거두는 것이 불가능했다.

　하지만 이대로 놔둘 수는 없다. 오행운라강을 정통으로 맞으면 소천군은 죽거나 치명상을 입게 될 터이다. 더구나 오행운라강은 오행지기로 발출되기 때문에 스치기만 해도 뼈와 살이 먼지처럼 소멸되고 말 것이다.

　순간 태무랑은 안간힘을 써서 오른손을 비트는 것과 동시에 오행운라강에서 오행지기를 급히 거두어들였다.

　퍽!

　순간 오행운라강이 소천군의 가슴 앞에서 급격하게 방향을 틀어 그의 왼쪽 어깨를 강타했다.

　태무랑의 눈에 소천군의 왼쪽 어깨가 박살 나면서 살점과 피가 튀는 것이 똑똑하게 보였다.

　다행히 마지막 순간에 오행지기를 거둔 것이 실효를 거둔 듯했다.

　오행지기 칠 할이 거두어졌고 삼 할이 남은 정도다. 하지만 그것만으로도 위험하다.

하지만 오행운라강을 제대로 맞았다면 소천군의 왼쪽 어깨는 오행지기에 의해서 흔적도 없이 먼지가 되어 사라졌을 것이고 순식간에 몸 전체도 먼지가 돼버렸을 것이다.

그런데 문제는 그것으로 끝나지 않았다. 화명군은 단지 태무랑으로 하여금 소천군을 급습하도록 유도하는 것이 목적이 아니었다.

그의 목적은 소천군을 죽이는 것이었다. 그리고 그 순간 바로 그 일이 벌어졌다.

태무랑의 급습을 피하여 수직으로 번쩍 솟구쳤던 화명군이 오행운라강에 막 적중되어 휘청거리고 있는 소천군의 머리를 향해 번개같이 발길질을 했다.

쉬익!

뒤돌아보다가 느닷없이 태무랑의 오행운라강에 왼쪽 어깨를 적중당한 소천군으로서는 도저히 피할 수 없는 절체절명의 순간이다.

그리고 그 순간에 태무랑을 비롯하여 수월화와 벽교상, 비한, 가빈이 모두 그 광경을 쳐다보고 있었다.

하지만 워낙 창졸간에 벌어진 일이기 때문에 아무도 손을 쓰지 못했다.

퍼억!

모두가 지켜보는 가운데 화명군의 오른발 발끝이 소천군

의 오른쪽 귀 윗부분을 걷어찼다.

그 순간 소천군의 머리가 으깨어져 피와 뇌수가 허공에 확 뿌려졌다.

소천군의 몸이 기우뚱 옆으로 쓰러질 때, 태무랑과 벽교상, 비한은 일제히 허공에 떠 있는 화명군을 향해 공격을 퍼부었고, 가빈은 쓰러지고 있는 소천군을 붙잡아가며 울부짖음을 토해냈다.

그러나 태무랑 등 세 사람의 합공은 허공을 스쳐 뇌옥 천장에 적중되고 말았다.

꽈르릉!

화명군은 간발의 차이로 비한의 머리 위를 날아 넘으면서 뇌옥 밖으로 빠져나가 버렸다.

그러면서도 화명군은 그냥 나가지 않고 비한의 머리 위를 스치는 순간 발 앞쪽 밑바닥으로 그의 머리를 털듯이 가볍게 후려쳤다.

탁!

"윽!"

비한은 급히 고개를 젖혀서 피했으나 스치듯이 슬쩍 옆머리에 얻어맞고 비틀거렸다.

스친 정도였으나 머리가 깨질 듯이 고통스러웠고 온몸의 공력이 흩어지는 것을 느꼈다. 화명군이 발에 공력을 실었기 때문이다.

태무랑은 쓰러진 채 가빈의 품에 안겨 있는 소천군과 비틀거리고 있는 비한을 힐끗 봤다.

소천군은 머리 절반이 완전히 박살 나 피투성이 상태로 의식이 없는 모습이다.

태무랑이 보기에 즉사한 것 같았다. 화명군 같은 초절고수의 발길질에 맞았으니 아무리 소천군이라고 해도 살아 있기를 바라는 것이 무리다.

비틀거리던 비한은 벽을 짚었다가 그 자리에 털썩 무너지듯이 주저앉고 있었다.

그 모습을 보는 태무랑은 가슴이 조각조각 찢어지는 것처럼 괴로웠다.

화명군이 꾸민 일이지만 태무랑 자신이 발출한 오행운라강에 소천군이 맞았고, 그것이 빌미가 되어 화명군의 발길질에 머리가 으깨어진 소천군이다.

모든 일들이 태무랑으로 인해서 벌어지고 있다. 수월화와 무령왕이 납치된 것도, 소천군이 저 지경이 된 것도 모두 그 때문이다.

그는 과연 이 일을 어떻게 해야 할는지 갈피를 잡을 수 없어서 착잡하기 그지없는 심정이다.

수월화는 태무랑의 왼팔을 붙잡은 채 경악하고 있다. 총명한 그녀는 여태 함께 있던 무령왕이 가짜라는 사실을 깨닫고, 마치 자신이 큰 죄를 지은 듯 어쩔 줄을 몰랐다.

그녀는 줄곧 뇌옥에 함께 갇혀 있었던 부친이 가짜라는 사실이 도저히 믿어지지 않았다.

하지만 뇌옥 쇠창살 밖에 은밀하게 접근한 화명군이 지풍으로 수월화와 무령왕의 혼혈을 제압한 후에 무령왕을 바깥으로 빼돌리고 자신이 무령왕으로 변신하여 수월화 옆에 앉은 다음에 그녀의 혼혈을 슬그머니 풀어주었다는 사실을 그녀로서는 알 턱이 없다.

"낭랑!"

태무랑이 소천군과 비한을 쳐다보는 극히 짧은 순간, 벽교상이 뇌옥 입구로 나가면서 급히 그를 불렀다. 더 늦기 전에 함께 화명군을 추격하자는 뜻이다.

태무랑은 정신이 번쩍 들었다. 화명군이 뇌옥을 나간 것은 눈 한 번 깜빡하기도 전이다. 일은 이미 벌어졌으므로 그를 잡는 것이 순서다.

소천군의 목숨이 붙어 있기만 하면 자신이 살릴 수도 있다는 사실을 태무랑은 이 순간에 하지 못했다. 그만큼 그의 마음은 어수선한 상태다.

태무랑은 자신의 왼팔을 잡은 수월화의 두 손을 가볍게 뿌리치면서 뇌옥 밖으로 쏘아나갔다.

"무랑가……."

수월화는 착잡한 표정으로 태무랑을 바라보았으나 그의 뒷모습이 잠깐 보였을 뿐 곧 뇌옥의 통로 저쪽으로 사라져 버렸다.

第九十四章
원수보다 더한 원수

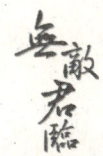

지하수로를 벗어난 태무랑과 벽교상은 한달음에 계단을
쏘아 올라갔다.

화명군이 사오 장쯤 위에서 쏘아 올라가고 있는 모습이 얼
핏 보였다.

탓!

순간 태무랑은 계단 끄트머리에서 나선형 계단 중간의 뻥
뚫린 곳을 향해 힘껏 솟구쳤고 벽교상도 같은 방법으로 뒤따
랐다.

그런 방법을 쓰자 계단으로 달려 올라가고 있는 화명군과

의 거리가 순식간에 이 장으로 좁혀졌다.

키웅! 슈아앙!

태무랑과 벽교상은 약속이나 한 듯 동시에 화명군을 향해
공격을 퍼부었다.

태무랑은 전력으로 오행운라강을, 벽교상은 은은하게 붉
은빛이 감도는 일장을 쏘아냈다.

화명군은 계속 쏘아 오르면서 태무랑 쪽을 힐끗 쳐다보더
니 왼손을 가볍게 두 차례 먼지를 털어내듯이 떨쳐 냈다.

스으…….

그러자 두 줄기 푸르스름한 빛살이 각각 오행운라강과 벽
교상이 발출한 장력을 향해 마주 쏘아왔다.

꽈르릉!

네 줄기 기운이 정통으로 격돌하자 요란한 굉음이 터지면
서 태무랑과 벽교상은 반탄력에 의해서 아래로 하강했고, 화
명군은 계단 옆쪽 벽에 어깨를 가볍게 부딪쳤으나 다치지는
않았다.

그 일장의 교환으로 태무랑과 벽교상은 오히려 아래로 일
장이나 밀려서 내려갔고, 반면에 화명군은 순식간에 꼭대기
에 이르렀다.

순간 태무랑은 발끝으로 계단 끄트머리를 살짝 디디면서
하강하는 몸을 정지시키는 것과 동시에 화명군을 향해 다시

하나의 오행운라강을 쏘아냈다.

키우웅!

화명군은 삼 장쯤 남은 입구로 신형을 날려 쏘아가며 방금 전처럼 아래를 향해 이번에도 푸르스름한 일장, 즉 무극청신 강을 발출했다. 태무랑의 오행운라강을 또다시 적중시키려 는 의도다.

그러나 오행운라강과 무극청신강이 맞부딪치기 직전에 오 행운라강이 돌연 폭발했다.

태무랑이 조금 전과 같은 실수를 범하지 않으려고 이번 것 은 무극청신강과 격돌하기 전에 폭발시킨 것이다.

파아아—

순간 수십 개의 날카로운 파편들이 부챗살처럼 좍 펼쳐지 면서 화명군을 향해 덮쳐 갔다.

오행운라강이 폭발하는 순간 화명군의 무극청신강에 맞아 서 퉁겨진 파편은 몇 개 되지 않았다.

또한 갑자기 확산되면서 쏘아 오른 수십 개의 파편들은 화 명군이 입구에 도착하기 직전에 그에게 소나기처럼 허공을 뒤덮은 채 쏟아졌다.

화명군은 당연히 자신이 발출한 무극청신강이 태무랑의 오행운라강을 격퇴할 것이라고 믿고 있었기에 입구를 빠져나 가는 일만 신경을 쓰고 있다가 움찔 가볍게 놀라 급히 뒤돌아보았다.

쐐아아—

일 장까지 쐐도하고 있는 수십 개의 흐릿하게 번뜩이는 오색의 날카로운 파편들을 발견한 그의 표정이 가볍게 흠칫 변했다.

그는 순간적으로 이것들을 호신강기로는 막을 수 없을 것이라고 판단했다. 일견하기에도 파편들이 호신강기를 갈가리 찢어버릴 것만 같았다.

그는 입구를 향해 쏘아가는 속도를 늦추지 않은 상태에서 왼팔을 뻗어 재빨리 크게 원을 그렸다.

파스웅—

그러자 기이한 음향이 흐르면서 푸르스름하고 둥글며 투명한 막이 펼쳐졌다.

그것은 흡사 하나의 커다란 투명방패 같은 모양이었다. 즉, 무극청신강으로 펼쳐 낸 무형막인 것이다.

파아앙!

다음 순간 오행운라강의 수십 개의 파편들은 투명방패에 부딪쳐서 모조리 퉁겨졌다.

챵!

그 순간 어느새 화명군과 비슷한 높이로 상승한 태무랑이 저돌적으로 쐐도하면서 어깨의 도를 뽑아 염마오행도를 전개했다.

태무랑 아래쪽에 있던 벽교상이 두 손으로 그의 발을 떠받쳐서 힘껏 위로 밀어 올렸기에 화명군을 따라잡을 수 있었던 것이다.

화명군이 무극청신강으로 무형방패를 일으켜서 오행운라강의 파편들을 퉁겨내는 것과 동시에 태무랑의 공격이 이루어졌다. 즉, 태무랑이 틈을 노린 것이다.

아무리 초절고수라고 해도 공격이든 방어든 연이어서 전개할 수는 없다.

한차례 공격하든가 방어를 하면 다시 공격을 하거나 방어를 할 때까지 사이에 미세한 틈이 생기게 마련이다. 무공의 고하에 따라서 그 틈이 빨리 사라지거나 좀 더 늦게 사라지는 차이가 있을 뿐 분명히 틈, 즉 간극(間隙)은 생겨날 수밖에 없다.

쿠아앗!

그는 오행운라강의 파편들을 퉁겨낸 후에 무형방패를 없애려고 했다.

그렇게 마음을 먹었기 때문에 공력이 그런 식으로 운기되는 중이다.

때문에 그가 재차 무형방패를 만들어내려면, 그렇게 하겠다고 생각을 먼저 해야지만 공력도 따라서 운기를 할 것이다.

하지만 지금 그런 생각을 하는 것은 이미 늦었다. 무형방패는 사라지는 중이고 태무랑은 그 틈 속으로 절묘하게 염마오행도의 강기를 쑤셔 넣고 있었다.

이 상황에서 화명군이 취할 수 있는 유일한 행동은 치명상을 피하기 위해서 전력을 다하는 것뿐이다.

팍!

태무랑의 도에서 뿜어진 강기가 화명군의 오른쪽 어깨와 가슴의 경계 부위에 적중됐다.

아니, 적중되는 순간 등 뒤로 오색의 영롱한 빛살이 뚫고 나갔다. 깨끗하게 관통한 것이다.

화명군은 태무랑보다 훨씬 고강하다. 태무랑과 비한이 합공을 펼쳤어도 느긋하게 대응하여 결국 두 사람에게 죽음에 가까운 치명상을 입혔을 정도였다.

하지만 싸움은 실력만으로 하는 것이 아니라는 사실을 이번 격돌에서 태무랑이 유감없이 보여주었다. 정확한 기회와 운이 따라주고 또 시기적절한 임기응변이 제대로 조화를 이루어준다면, 때로는 하수가 고수에게 부상을 입히는 현상도 벌어질 수 있는 것이다.

그런데 화명군은 위로 쏘아 오르던 기세와 태무랑의 강기에 오른쪽 어깨가 관통당한 여세가 더해져서 순식간에 계단 꼭대기에 도달했다.

지하수로를 관리하는 작은 건물 밖으로 쏘아나간 그는 오른쪽 가슴에서 이상한 느낌을 받았다.

츠츠으…….

급히 가슴을 내려다보니 방금 강기에 적중된 부위가 타들어가고 있었다.

아니, 얼핏 봤을 때는 타는 것 같았는데 잠깐 더 보고 있으니까 살이 녹는 것 같았다.

아니, 그것도 아니다. 타는 것도 녹는 것도 아닌데, 그냥 살과 뼈가 푸슬푸슬 먼지가 되어 사라지면서 구멍이 생기기 시작했다. 오행지기가 뼈와 살을 분해하고 있는 것이다.

그는 강기에 관통되는 것으로 끝난 줄 알았었다. 그래서 일단 위기를 모면하고 밖으로 나가서 태무랑을 죽인 후에 상처를 치료해도 늦지 않을 것이라고 생각했다.

그런데 생각지도 않았던 일이 벌어지자 그는 다급히 공력, 즉 무극청신기를 끌어올려서 상처 주위를 봉쇄하여 더 이상 번지는 것을 막는 것과 동시에 신형을 솟구쳐서 일단 그 자리를 피했다.

한발 늦게 태무랑이 건물 밖으로 나와 재빨리 주위를 둘러보니 화명군의 모습이 보이지 않았다.

그는 즉시 주위의 전각 지붕 위로 날아올라 화명군을 찾아보다가 눈이 번쩍 빛을 발했다. 저만치 십오륙 장 거리에서 화명군이 전각과 전각 사이를 날아서 멀어지고 있는 광경이 시야에 들어왔다.

"죽여 버리겠다……!"

그는 눈에서 시퍼런 살기를 뿜어내고 어금니가 부서지도록 악물면서 전력으로 신형을 날렸다.

그의 뇌리에는 소천군이 머리가 박살 나서 쓰러져 있는, 아니, 죽어 있는 모습이 너무도 생생하게 새겨져 있다. 그 광경은 아마 죽을 때까지 지워지지 않을 것이다.

이제 태무랑에게는 단유천보다도 화명군이 더 큰 원수가 되어버렸다.

놈은 원수인 단유천을 키운 사부이며, 무령왕가에 침입하여 수백 명을 죽인 후에 수월화와 무령왕을 납치했으며, 이제는 소천군마저도 죽였다.

태무랑으로서는 화명군이 도저히 용서할 수 없는 불공대천지수가 된 것이다.

촤촤아악!

그때 전방의 좌우에서 느닷없이 세 줄기 공격이 태무랑을 향해 맹렬히 쏟아져 왔다.

힐끗 쳐다보니 화명군의 심복수하인 지웅단혼과 생사쾌살 세 명이다.

그리고 그 너머 저 멀리 화명군이 전각의 지붕 위에 멈춰서 천천히 돌아서고 있는 모습이 보였다.

그러나 태무랑의 급선무는 화명군보다도 지웅단혼과 생사쾌살의 합공이다.

일견하기에도 도검으로 공격해 오는 셋의 합공은 산악을 무너뜨릴 만한 위력이 실려 있었다. 가볍게 여겼다가는 낭패를 당하기 십상일 듯했다.

하지만 분노가 하늘을 찌르고 있는 태무랑은 오른쪽의 두 명을 무시한 채 왼쪽의 한 명을 향해 더욱 속도를 높여서 곧장 부딪쳐 가면서 오른손의 도를 머리 위로 쳐들었다가 전력으로 염마오행도를 뿜어냈다.

쿠아앗!

그와 동시에 왼손으로는 오행운라강을 처음부터 터뜨려서 쏟아냈다.

파아아!

그는 세 명의 합공을 한꺼번에 당해낼 수 없다고 순간적으로 판단한 것이다. 또한 전력으로 달려가는 중이므로 피하는 것도 녹록하지가 않았다.

그래서 한 명을 공격해서 무너뜨린 다음에 나머지 둘을 상대하겠다는 결정을 내렸다.

그는 자신이 공격하기로 선택한 인물이 여자라는 사실을 일 장 반까지 쇄도하고 난 후에야 알았다. 즉, 그녀는 생사쾌살의 사검필살이었다.

그녀는 천자필사 미봉과 비슷한 수준의 무위를 지니고 있다. 위력적인 검기를 뿜어내고 있으나 애당초 태무랑의 적수는 아니다.

더구나 태무랑은 염마오행도를 전력으로 전개하는 동시에 오행운라강 하나를 폭발시켜서 발출하고 있다.

퍼어억!

사검필살이 발출한 검기와 부딪치기 직전에 오행운라강이 폭발하여 수십 개의 파편이 쏟아져 갔다.

사검필살은 움찔 당황하며 순간적으로 어쩔 줄 몰랐다. 경험이 많은 그녀지만 이런 경우는 처음이라서 어떻게 대처할 줄을 몰랐다.

그때 태무랑의 도에서 뿜어진 염마오행강기가 그녀의 얼굴을 향해 일직선을 그었다.

푸악!

사검필살의 얼굴 한복판에 어린아이 주먹이 통째로 들어갈 만한 구멍이 뻥 뚫렸다.

푸스으으.

그와 동시에 그녀의 머리통이 먼지가 되어 흩어지면서 빠르게 어깨 아래쪽도 미세한 가루가 되어 사라지기 시작했다. 그녀는 비명조차 지르지 못했다.

그 순간 지웅단혼과 생유쾌도의 공격이 오른쪽 앞과 뒤에서 무시무시하게 쇄도해 왔다.

쐐애액!

태무랑이 무시했던 바로 그 합공이다. 그의 공격이 워낙 빨라서 이제야 그의 몸에 도달하고 있는 것이다. '이제야'라고는 하지만 사검필살이 당한 것과 동시이기 때문에 태무랑으로서는 피할 재간이 없는 상황이다.

순간 그는 재빨리 오행지기의 금기를 일으켜 온몸을 보호하면서 반격 자세를 취했다.

그러면 금기가 순간적으로 살갗을 도포(塗布)하면서 그의 몸은 금강불괴지체로 변한다.

예전에 수월화와 잠시 시험만 해봤을 뿐이지 아직 실전에서는 사용해 본 적이 없다.

더구나 지속력이 없는 일회성(一回性)이라서 성공을 하더라도 한차례의 공격만을 견딜 수 있을 것이다. 하지만 실패하면 그의 몸뚱이는 산산조각나고 말 것이다.

퍼퍽!

"흑!"

지웅단혼과 생유쾌도가 발출한 두 줄기 도기가 태무랑의 옆구리와 등에 정통으로 적중됐다.

그 위력이 워낙 무시무시해서 태무랑은 자신도 모르게 답답한 신음을 토해내면서 몸의 균형을 잃은 채 왼쪽 허공으로 둥실 떠올랐다. 두 줄기 도기 모두를 오른쪽에 적중당했기 때문이다.

적중된 부위가 아팠으며 머리가 아찔했고 기혈이 마구 뒤틀려서 정신을 차릴 수가 없었다.

그래서 혹시 금강불괴가 전개되지 않은 것이 아닌가 하는 의구심이 들었다.

하지만 지웅단혼과 생유쾌도가 재차 공격을 해오고 있으므로 자신의 상태를 살펴볼 여유가 없다.

상체가 왼쪽으로 쓰러질 듯이 기울어진 상태에서 태무랑은 재빨리 공력을 운기해 보았다.

다행히 공력을 운용하는 데에는 지장이 없는 듯했다. 그렇다면 방금 전 두 줄기 도기가 그에게 큰 영향을 끼친 것은 아닌 듯했다. 단지 몸에 적중되면서 충격을 받았을 뿐인 것 같았다.

그런데 얼핏 보니까 화명군이 이쪽으로 쏘아오고 있었다. 만약 화명군까지 공격에 가세하면 태무랑으로서는 도저히 어찌해 볼 재간이 없을 터이다.

그는 화명군이 도착하기 전에 무슨 수를 써서라도 이 둘을 죽여야겠다고 마음먹었다.

쾌애액!

거센 바람에 옷자락이 나부끼면서 나는 소리보다 열 배는 더 큰 음향이 터지면서 지웅단혼과 생유쾌도의 공격이 퍼부어졌다.

그들은 도기로 태무랑을 어쩌지 못하는 것에 적잖이 놀라서 이번에는 직접 도로써 공격을 하고 있다.

지웅단혼은 도에 공력을 실어 일도양단의 기세로 내리긋고, 생유쾌도는 현란한 도영(刀影)을 흩뿌리면서 태무랑의 상체 여러 곳의 급소를 한꺼번에 휩쓸어왔다.

태무랑은 이번에도 두 명 중에 한 명만을 선택해서 반격하기로 작정했다.

그가 두 번째 제물로 고른 자는 지웅단혼이다. 극한의 공력이 실린 지웅단혼의 공격보다는 다변의 공격을 하는 생유쾌도의 공격을 맨몸, 즉 금강불괴지체로 맞는 것이 아무래도 충격이 덜 할 것이라고 판단했다.

지웅단혼은 밀려갔던 태무랑이 지붕에 내려서서 균형을 잡자마자 곧장 자신을 향해 부딪쳐 오는 것을 보고 흠칫 가볍게 표정이 변했다.

그가 보기에 태무랑은 마치 자포자기하는 것처럼 막무가내의 행동을 하고 있었다.

전력을 다해서 그어 내리고 있는 도를 향해 곧장 뛰어들고 있으니까 말이다.

태무랑은 지웅단혼을 향해 허리를 잔뜩 굽히고 상체를 숙인 자세로 곧장 부딪쳐 가면서 금기를 끌어올려 몸을 금강불괴지체로 만들었다.

그 상황에서는 태무랑이 좌우 어디로 피하든 지웅단혼의 도가 그림자처럼 따라붙으며 머리를 쪼갤 것이다. 지웅단혼이라면 충분히 그만한 능력이 있다.

즉, 멀찍이 물러나지 않는 한 지웅단혼의 공격권 내에서는 당할 수밖에 없다는 뜻이다.

슉!

태무랑은 자신의 머리를 향해 벼락처럼 그어져 내리는 지웅단혼의 도를 보지도 않은 채 염마도를 머리 위로 쳐들어 그것을 막으려 했다. 그리고는 왼손으로 오행운라강을 터뜨려서 발출했다.

파아아—

쩌껑!

오행운라강이 폭발하는 소리와 지웅단혼의 도가 태무랑의 도를 절반으로 쪼개면서 그의 오른쪽 어깨를 내리찍는 소리가 동시에 터졌다.

태무랑은 오른쪽 어깨에 만 근 바위가 떨어진 듯한 충격을 받으며 앞으로 고꾸라졌다.

그가 얼굴을 지붕에 처박으며 기왓장들을 박살 낼 때 지웅단혼은 오행운라강 수십 개의 파편들에 적중당하여 온몸에 벌집 같은 구멍이 숭숭 뚫렸다.

퍼어…….

지응단혼은 상체가 뒤로 젖혀지는 듯하더니 눈 한 번 깜빡할 사이에 먼지가 되어 허공에 흩어졌다.

퍼퍼퍼퍼퍽!

태무랑은 벌떡 퉁기듯 몸을 일으켰다. 바로 그때 생유쾌도의 도가 태무랑의 상체 십여 곳에 동시다발적으로 와르르 적중됐다.

콰자자작―

태무랑은 반탄력에 왼쪽으로 화살처럼 퉁겨졌다가 상체부터 쓰러져서 기왓장들을 마구 부수면서 밀려갔다.

그러는 와중에 어떤 광경이 그의 시야에 쏘아 들어왔다. 생유쾌도가 먹잇감을 발견한 맹수처럼 득달같이 덮쳐들고 있는 모습이다.

그런데 그 너머 칠팔 장쯤 떨어진 곳 전각의 지붕 위에서 벽교상이 수백 명의 고수들에게 겹겹이 포위되어 고군분투하고 있는 광경이 보였다.

태무랑은 자신을 향해 재공격을 해오는 생유쾌도보다 수많은 고수들에게 포위되어 협공당하고 있는 벽교상이 더 염려됐다.

그녀가 태무랑보다 한 수 위의 고수라고 해도 수백 명의 고수들에게 협공을 당하면 위험할 수밖에 없다.

더구나 계속해서 더 많은 고수들이 속속 지붕 위로 솟구쳐 올라와 벽교상의 협공에 가세를 하고 있었다.

문득 태무랑은 도대체 어떻게 해서 저 많은 고수들이 벽교상을 협공하게 된 것인지, 저들이 대체 누구인지 의문이 생겼다.

태무랑과 벽교상 등이 지하수로에 인질들을 구하러 들어가기 전까지만 해도 아군이 압도적으로 우세했었는데 어떻게 이런 일이 생길 수 있다는 말인가. 그 잠깐 사이에 과연 무슨 일이 생긴 것인가.

그러나 그는 재공격을 해오는 생유쾌도 때문에 더 길게 생각을 할 수가 없는 상황이다.

그는 방금 전 생유쾌도의 공격에 당하여 상처를 입지는 않은 듯했다.

그것은 또 한 번의 금강불괴지체가 성공을 거두었다는 뜻이다. 그는 단지 반탄력 때문에 지붕 위로 삼 장 정도 밀려났을 뿐이다.

이제 생유쾌도 한 명만 남았다고 생각한 그는 부러진 도를 움켜잡고 벌떡 튕기듯 일어섰다.

생유쾌도 정도는 정면 대결을 해도 능히 죽일 수 있을 것이라고 판단했다. 또한 구태여 금강불괴지체를 만들지 않아도 충분하다.

퍼억!

"허윽!"

순간 그는 일어서자마자 등 한복판에 화끈한 느낌을 받으면서 등이 활처럼 뒤로 휘며 답답한 신음을 토해냈다. 그러면서 정신이 아득해지고 온몸의 맥이 풀리며 오행지기가 순간적으로 흩어지는 것을 느꼈다.

무엇인지 모르지만 등에 엄청난 충격을 입고 그는 앞으로 쏜살같이 퉁겨 날아갔다. 이런 강한 충격은 생전 처음 당해보는 수준이었다.

그러면서 그는 뒤쪽에서 쏘아오고 있던 화명군을 잠시 망각하고 있었다는 사실을 기억해 냈다. 필경 화명군이 기척도 없이 접근해서 방금 일장을 가격했을 것이다.

그런데 태무랑이 퉁겨 날아가고 있는 앞쪽에서는 생유쾌도가 득달같이 넘쳐들고 있다.

순간 태무랑은 반사적으로 금기를 끌어올렸다. 생유쾌도의 공격에 대비하여 지금이라도 금강불괴지체를 만들기 위해서다.

그런데 방금 등에 적중된 일장 탓에 오행지기가 흩어졌는지 금기가 제대로 모이지 않았다. 즉, 금강불괴지체를 만들수 없게 됐다는 뜻이다.

뻐걱!

순간 앞쪽에서 공격해 오던 생유쾌도의 도가 태무랑의 오른쪽 어깨를 왼쪽으로 비스듬히 파고들었다.

생유쾌도 정도의 절정고수라면 일도에 태무랑의 몸을 세로로 쪼개는 것쯤은 간단한 일이다.

쩡—

그런데 도가 명치 부위에서 자르기를 멈추었다. 태무랑의 몸이 한발 늦게 금강불괴지체가 되면서 더 이상 자르지 못하고 중간에 멈춘 것이다.

생유쾌도는 자신을 향해 부딪쳐 오는 태무랑을 슬쩍 피하면서 도를 비틀었다.

도가 그의 옆구리로 빠져나오게 하면서 아예 몸을 절단해 버릴 생각이다.

쨍!

그러나 도는 태무랑의 명치에 멈춘 채 꿈쩍도 하지 않고 도파 부분이 그대로 부러져 나갔다.

금강불괴지체가 된 그의 몸이 생유쾌도의 도를 꽉 움켜잡고 있기 때문이다.

콰자자작—

태무랑은 날아가면서 지붕에 떨어져 기왓장을 부수며 쏜살같이 밀려갔다.

"낭랑!"

그때 벽교상의 처절함 울부짖음이 들려왔다. 그녀는 수백 명에게 협공을 당하는 중이라서 도저히 빠져나올 수 없는 상황이다.

하지만 태무랑이 위기에 처한 광경을 발견하고는 자신을 전혀 돌보지 않고 전력을 다해서 허공으로 비스듬히 솟구쳐 태무랑을 향해 쏘아왔다.

그 과정에 그녀는 여기저기 몇 군데를 베었으나 아픔을 느끼지 못했다.

아니, 자신이 베었다는 사실조차 인식하지 못했다. 그녀의 눈에는 오직 태무랑만 보였고 머리는 그의 안위만을 염려하고 있기 때문이다.

그러나 그녀는 한 가지 사실을 깨닫지 못했다. 도검에 여러 군데를 베이면, 즉 상처를 입으면 몸이 뜻대로 움직여지지 않는다는 사실을 말이다.

그녀는 허공중에서 몸이 기우뚱하며 균형을 잃고는 빠르게 추락하기 시작했다.

그리고 그와 동시에 수많은 고수들이 벌 떼처럼 사방에서 그녀를 향해 달려들었다.

한시바삐 태무랑에게 달려가려는 마음이 급한 그녀는 살심이 크게 솟구쳐서 공력을 극한으로 끌어올렸다.

"이놈들!"

그녀의 발이 지붕에 닿기도 전에 수십 명의 고수들, 즉 무극신련의 정예고수들이 사방에서 도검을 휘두르며 파도처럼 공격을 해왔다.

쏴아아—

순간 벽교상의 두 손이 서로 교차하면서 육안으로 보이지 않을 정도로 빠르게 움직이며 두 손에서 예리한 강기가 부챗살처럼 와르르 쏟아져 나갔다.

슈슈슉!

퍼퍼퍼퍽!

단 한 번의 동작에 고수 다섯 명이 피를 뿌리면서 거꾸러졌다. 여러 개의 강기가 비늘처럼 쏟아져 나가 그들의 몸을 마구 관통한 결과다.

벽교상은 연속적으로 두 손을 휘둘러 강기를 쏟아내면서 태무랑 쪽을 향해 질주했다.

수많은 고수들이 제아무리 벌 떼처럼 달려들어도 결코 그녀를 막지 못했다.

덤벼드는 족족 강기에 적중되어 몸통이 뻥뻥 뚫리며 피를 쏟으면서 퉁겨 날아갔다.

"크아악!"

"와윽!"

어지러운 비명 소리가 난무했다.

태무랑은 쓰러질 듯 크게 비틀거리면서 쥐고 있던 부러진 도를 생유쾌도에게 집어 던졌다.

패액!

생유쾌도는 슬쩍 상체를 비틀어 도를 가볍게 피하고는 태무랑에게 덮쳐 가려고 하다가 뚝 멈추었다.

화명군이 득달같이 태무랑에게 쇄도하고 있는 광경을 발견했기 때문이다.

화명군은 몸이 기우뚱하여 쓰러지고 있는 태무랑의 옆구리를 발끝으로 가볍게 걷어찼다.

픽!

태무랑은 갈비뼈가 바스라지면서 둥실 허공으로 떠올랐다.

화명군은 두 발이 지붕에 닿자마자 일 장 반 전면의 허공 머리 높이로 떠오른 태무랑을 향해 오른손을 뻗으며 일장을 뿜어냈다.

태무랑을 아예 죽이기로 작정했기 때문에 그 일장에는 화명군의 공력 거의 전부가 실렸다.

쩌억!

가슴과 복부의 경계 부위에 정통으로 무극청신강을 적중당한 태무랑은 뼈와 살과 내장과 장기가 완전히 으스러지면서 쏜살같이 허공으로 퉁겨져 쏘아 날아갔다.

화명군은 계속 태무랑을 쫓으면서 입가에 득의한 회심의

미소를 지었다.

그는 방금 일장으로 태무랑이 즉사했음을 확신했다. 태무랑이 제아무리 불사신이라고 해도 가슴과 복부가 터지고 내장과 장기가 모조리 으스러지고서는 절대로 목숨이 붙어 있지 못할 터이다.

하지만 며칠 전에 그는 남경에서 태무랑을 죽였다고 확신했었으나 버젓이 살아서 다시 나타났다.

그래서 그는 이번에는 태무랑의 몸뚱이를 아예 갈가리 찢어발겨서 죽일 생각이다.

그렇게 하면 불사신 아니라 신선이라고 해도 다시 소생하지는 못할 것이다.

"낭랑—!"

무극신련 고수들을 마구 죽이면서 태무랑을 향해 달려가던 벽교상은 그가 허공으로 빨랫줄처럼 쏘아 날아가자 지붕을 박차면서 그를 향해 쏘아가며 처절하게 부르짖었다.

하지만 그녀는 태무랑을 따라가지 못했다. 태무랑을 뒤쫓던 화명군이 방향을 틀어 그녀에게 일장, 즉 무극청신강을 발출하고 있었기 때문이다.

第九十五章

나락에 떨어지다

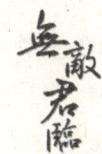

　사실 현도왕가는 화명군이 설치해 놓은 하나의 거대한 함
정이었다.

　그는 남경 무령왕가에서 수월화와 무령왕을 납치해서 북
경으로 끌고 오면 두 사람을 구하려는 세력이 당연히 뒤따라
올 것이라고 예상했었다.

　하지만 그 세력의 구성원이 누구일지는 별로 중요하게 생
각하지 않았다.

　단지 그들 전부를 현도왕가 안으로 몰아넣고 몰살시키는
것이 중요할 뿐이었다.

화명군은 사전에 치밀한 계획을 세웠고 그것들은 차례차례 정확하게 들어맞았다.

그가 이런 함정을 판 이유는 한 가지 거대한 목적이 있기 때문이었다.

원래 그는 단유천이 무령왕에게 저지른 실수를 무마하기 위해서 현도왕을 만나 모종의 거래를 했었다.

즉, 화명군이 황제를 죽이고 또 무령왕을 처리해 주는 대신에 현도왕은 단유천이 저지른 죄를 불문에 부치고 오히려 큰 상을 주겠다는 내용이었다.

그래서 화명군은 지옹단혼과 생사쾌살에게 지시하여 황제를 죽이도록 했었다.

그리고 자신이 직접 진두지휘하여 수월화와 태화연, 무령왕 부부를 납치하는 데 성공했었다.

그런데 그 과정에서 화명군의 생각이 조금 바뀌었다. 아니, 진전됐다고 하는 편이 정확하다.

그는 내친김에 아예 현도왕까지 제거하고 자신이 대명제국을 통째로 집어삼킬 엉뚱한 야욕을 품은 것이다.

자신이 일단 마음만 먹는다면 황제가 되지 못할 일이 없다고 판단했다.

황제를 죽였으며, 무령왕을 납치했으니 현도왕만 사라지고 나면 황위는 빈자리가 되고 만다.

그러면 화명군이 현도왕의 모습으로 변신을 하여 자연스럽게 황위에 오르기만 하면 되는 것이다.

그리고 나서 세월이 흘러 황궁을 완전히 장악했다는 판단이 서면, 그때 가서 다른 수단을 발휘하여 화명군 자신이 본모습으로 당당하게 황제가 되겠다는 전체적이며 구체적인 계획을 수립했다.

그는 현도왕가의 은밀한 곳에 숨어서 태무랑과 벽교상, 소천군 등이 공격하는 것을 빼놓지 않고 지켜보았다.

그리고 오래지 않아서 소천군이 현도왕을 죽였다는 보고를 받고 회심의 미소를 지었다.

직후 화명군은 지하수로의 뇌옥으로 내려가서 은밀하게 수월화와 무령왕의 혼혈을 제압하고는 무령왕을 다른 곳으로 빼돌리고 자신이 무령왕의 모습으로 변신을 하여 수월화 옆에 앉아 있었다.

그것은 순전히 천하제일인 소천군을 제거하기 위한 암계였다. 그는 스스로 자신이 천하제일인이라고 자부하고 있지만 솔직히 소천군에게는 한 수 꿀린다는 강박관념을 떨쳐 버리지 못했다.

그러므로 소천군만 제거하면 그야말로 천하에서 그를 방해할 사람은 단 한 명도 없는 것이다.

화명군은 현도왕가를 중심으로 사방의 여러 장원들에 무

극신련 고수들 삼만여 명을 매복시켜 놓았었다. 그들은 철화천궁 산동성 제남지부와 대치하고 있던 고수들인데 화명군의 명령을 받고 하루 만에 북경으로 이동하여 완벽하게 매복을 끝마쳤었다.

이후 태무랑 등이 철화군단과 절정문 고수들, 개방제자들, 그리고 동창과 서창의 고수들을 이끌고 현도왕가를 급습하자 쌍방이 치열하게 싸우도록 내버려 두었다.

오래지 않아서 태무랑이 이끄는 세력이 현도왕가의 황궁 고수들과 무림고수들을 거의 죽이고 또 제압한 국면으로 접어들자 삼만여 명의 무극신련 고수들이 일제히 현도왕가로 밀물처럼 쏟아져 들어가 살아남은 자들을 닥치는 대로 주살하기 시작했다.

철화군단과 절정문 고수들, 개방제자들, 동창과 서창의 고수들이 아무리 고강하다고 해도 무려 삼만여 명이나 되는 무극신련 고수들을 당해낼 재간이 없었다.

그사이에 지하수로의 뇌옥에서 무령왕으로 변신하고 있던 화명군은 계획대로 소천군을 죽일 수 있었다.

결국 태무랑과 벽교상, 소천군 등이 지하수로에 있다가 죽거나 중상을 입는 상황에서 태무랑 쪽의 고수들은 지리멸렬하다가 산지사방으로 흩어져서 도주해 버렸다.

다음날 동이 터올 무렵에 기나긴 싸움이 끝났다.

태무랑과 벽교상, 소천군의 시체가 사라졌기 때문에 화명군은 그들의 죽음을 눈으로 확인할 수는 없었다.

　하지만 태무랑과 소천군이 죽은 것은 너무도 분명한 사실이라고 확신했다.

　생유쾌도가 태무랑의 몸을 세로 절반으로 쪼갠 직후에 화명군이 일 장 반이라는 가까운 거리에서 전력으로 무극청신강을 적중시켰기 때문에 설사 그의 몸이 무쇠라고 해도 박살이 나고 말았을 것이다.

　또한 화명군은 지하뇌옥에서 소천군의 머리를 발로 차서 으깨어놓았었다.

　머리가 박살 나고서도 죽지 않을 사람은 아무도 없다. 그래서 최소한 태무랑과 소천군이 분명히 죽었음을 확신하고 있는 것이다.

　그리고 화명군은 태무랑을 쫓아가려는 벽교상과 일대일로 싸워서 그녀에게 중상을 입혔다.

　마지막 순간에 그녀가 도주하지만 않았어도 충분히 죽일 수가 있었다.

　아니, 그녀는 도주한 것이 아니라 현도왕가 밖으로 날려간 태무랑을 찾으러 간 것 같았다.

　그녀는 화명군과 싸우는 내내 태무랑이 날려간 쪽을 힐끗거리면서 불안함을 감추지 못했었다.

그렇지 않았더라면 화명군은 그녀와의 싸움이 훨씬 더 힘들었을 것이다.

이후 화명군이 즉시 벽교상을 추격했으나 그녀도 태무랑도 어느 곳에서도 찾지 못했다.

그것이 못내 아쉽지만 그리 염려하지는 않았다. 태무랑은 죽었을 것이고, 철화빙선이 혼자 살아남아 봤자 줄 끊어진 연신세이기 때문이다.

굳이 무극신련의 힘이 아니더라도 화명군이 황제가 되고 나면 군사들을 동원하여 철화궁과 철화천궁을 뿌리째 뽑아버릴 작정이다.

세상 사람들은 그날 있었던 현도왕가에서의 싸움에 대해서 이렇게 알고 있다.

자신이 황위에 오르기 위해서 황제를 암살한 무령왕이 친형인 현도왕까지 죽이려고 자신의 추종세력들을 이끌고 현도왕가를 급습했으나 결국 실패로 끝나고 그 자신은 현도왕에게 제압되었다고 말이다.

*   *   *

대명제국에 새 황제가 즉위를 하니 그가 바로 효종(孝宗)인 홍치제(弘治帝) 주우당(朱祐樘)이다.

새 황제가 즉위하고 반년이 지날 즈음 백성들은 바야흐로 만고에 다시없을 태평성대가 찾아왔다면서 홍치제를 성군(聖君)이라 칭송하며 그 옛날의 요순우탕(堯舜禹湯)에 비견하기를 서슴지 않았다.

홍치제는 즉위하자마자 많은 선정을 단행했다. 예를 들면, 뇌옥에 갇힌 무고한 자들을 모두 석방했으며, 가난한 백성들에게 지워진 무거운 세금을 없애는 대신에 부자들에게서 무거운 세금을 거두는가 하면, 천하의 도적떼와 수적떼를 깡그리 토벌하여 백성들이 두 발 편히 뻗고 살 수 있는 세상을 만들어주었다.

뿐만 아니라 매년 범람하는 많은 강의 제방을 높고 튼튼하게 쌓았으며, 천하 곳곳에 저수지와 수로를 많이 만들어서 농사를 짓는 데 물 걱정을 하지 않게 해주었다.

*　　　*　　　*

산동성 제남.

서쪽 인상문(鱗祥門)에서 멀지 않은 곳의 성 안쪽을 남북으로 가로질러 흐르는 박돌천(趵突川) 양쪽에는 고만고만한 크기의 작은 배들이 수없이 길게 다닥다닥 붙어 있다.

끝이 보이지 않을 정도로 늘어선 수많은 배들에는 어김없이 낡고 꾀죄죄한 움막이 쳐져 있다.

이 배들은 집이 없는 가난한 사람들이 거처로 사용하고 있는 일종의 수상가옥이다.

박돌천은 제남 외성(外城) 안쪽을 한 바퀴 빙 돌아서 흐르다가 북쪽 성 밖으로 빠져나가 황하에 유입되는데, 제남성 내를 흐르는 길이가 십오 리에 이른다.

그런데 그 십오 리 개천 양안에 빈틈없이 작은 배들이 빼곡하게 이어져 있으니 그 수가 수천에 이를 것이다.

박돌천의 호천교(虎泉橋) 아래쪽 개천가는 최고의 명당자리로 손꼽힌다.

한낮에는 뙤약볕을 피할 수 있으며, 비와 이슬 때문에 배의 움막이 젖는 것을 방지할 수가 있기 때문이다.

또한 호천교 주변에는 수초와 갈대가 제법 우거지고 잘 발달되어 있어 물고기가 많아서 낚시를 하면 어렵지 않게 굵직한 물고기를 낚을 수가 있다. 가난한 성민들에게 푸짐한 물고기요리는 더 할 나위 없는 축복이다.

그래서 박돌천 전체에 놓여 있는 스물두 개의 다리 중에서도 호천교 아래를 최고의 명당으로 꼽는 것이다.

자박자박.

호천교 아래로 뻗어 있는 좁은 돌계단을 내려가는 한 쌍의 발이 있다.

검게 때에 절고 구멍이 숭숭 뚫린 반바지를 입었으며, 그 아래 드러난 두 다리는 앙상한데다 때가 더덕더덕 더께가 앉아 있는 더러운 모습이다.

돌계단을 내려가고 있는 것은 한 명의 거지소년인데 두 손으로 조심스럽게 커다란 탕기(湯器:국그릇) 하나를 받쳐 들고 있다.

그런데 탕기를 얼마나 조심스럽게 또 소중하게 받쳐 들고 가는지 흡사 조상을 모시는 듯했다.

돌계단을 다 내려간 거지소년은 호천교 아래로 익숙하게, 그러나 한 발 한 발 조심스럽게 들어섰다.

호천교 아래는 폭이 삼 장 남짓이라서 그 최고의 명당자리를 차지한 배는 양쪽을 합쳐서 열 척에 불과했다.

거지소년은 그중에서도 개천 왼쪽 한가운데에 정박해 있는 평범하게 보이는 배 앞에 멈추더니 최대한 공손한 목소리로 입을 열었다.

"오대가(烏大哥), 소제 마두령(馬兜鈴:쥐방울)입니다."

거지소년 마두령이 '오대가'라고 부르고 있는 사람은 사실 굉장한 실력자다.

그래서 원래대로 하자면 마두령은 그를 절대로 '오대가'라고 부르지 못한다.

뿐만 아니라 마두령이 속해 있는 호천교 일대의 거지패거리인 호천일로파(虎泉一路派)의 우두머리 군통(群統)이라고 해도 그를 '오대가'라고 부르지 못할 것이다.

그러나 호천일로파에서 '오대가'를 만날 수 있는 단 두 사람인 군통과 마두령은 그를 꼬박꼬박 '오대가'라고 부른다. 그가 그렇게 부르라고 명령했기 때문이다.

아니, '오대가'에게 직접 명령을 받은 사람은 군통이고, 마두령은 군통의 명령으로 그를 '오대가'라고 부르는 것이다. 그 이유는 '오대가'와 군통만 알고 있다.

그런 명령이 없었다면 군통은 '오대가'를 자신이 부를 수 있는 최고의 호칭으로 불렀을 것이다. 이를테면 '대인'이라거나 '두령' 혹은 '두목' 따위로 말이다.

거지소년 마두령이 불렀는데도 배의 움막에서는 아무도 나오지 않았다.

마두령은 하루에 세 번 '오대가'의 배에 음식을 전해주러 오는 것이 아주 중요한 임무다.

그것은 호천일로파 두령인 군통의 명령이며 마두령은 그 일만 하면 하루 종일 아무것도 하지 않아도 된다. 그만큼 중요한 일이기 때문이다.

호천교 일대에서 제일 요리를 잘하는 주루인 가미루(嘉味樓)에서 하루 세 번 각기 다른 최고의, 그리고 영양가 높은 요리를 사서 탕기에 담아 오대가에게 전해주는 것이다. 아니, 그것은 바치는 것이라고 해야 옳다.

호천일로파의 주업은 동냥이지만 뒷전으로는 배수(扒手:소매치기)나 구도(狗盜:좀도둑), 여쾌(女儈:뚜쟁이) 따위의 범법을 해서 제법 수입이 짭짤한 편이다.

하지만 군통이 처음부터 제남의 최고 노른자위인 호천교 일대를 장악했던 것은 아니다. 원래 반년 전까지만 해도 그는 이 근처에 빌붙어서 동냥질이나 하는 작은 거지패거리의 왕초였었다.

오히려 근처의 다른 강력한 거지패거리들에게 이리 채이고 저리 채이면서 언제 뿔뿔이 흩어질지 모르는 조마조마한 신세였었다.

그런데 반년 전 어느 날 건장한 체구의 낯선 거지가 한 명 나타나서 호천교에서 버젓이 구걸을 하기 시작했다.

이 일대에서 가장 번화하고 목이 좋은 호천교에서 낯선 거지가 동냥을 하는 꼴을 그 일대를 장악하고 있는 다른 거지패거리들이 그냥 보고만 있을 리가 없었다.

금세 몇 명의 거지들이 몰려오더니 낯선 거지를 쫓아내려고 주먹을 휘둘렀다.

하지만 눈 깜짝할 사이에 우수수 쓰러진 것은 본토박이 거지들이었다.

다친 거지들이 절룩거리면서 서로를 부축하고 쫓겨간 지 얼마 지나지 않아서 이번에는 훨씬 더 많은 수십 명의 거지들이 몰려왔다.

호천교 일대의 거지패거리 중에서 싸움깨나 한다는 자들은 모조리 몰려온 듯했다.

하지만 그들 전부도 낯선 거지의 굉장한 싸움 실력에 모조리 쓰러졌다가 벌벌 기어서 도망치고 말았다.

처음부터 끝까지 숨어서 몰래 지켜본 군통이 낯선 거지에게 슬그머니 다가간 것은 그때였다.

그는 잔뜩 겁먹은 표정으로 낯선 거지 앞에 무릎을 꿇고 부디 자신들의 왕초가 되어달라고 애원했다. 하지만 낯선 거지는 일언지하에 거절했다.

그러나 군통은 물러나지 않고 끈질기게 간청했다. 자신들의 사정을 얘기하면서 이대로 가면 자신들은 이곳에서 쫓겨나 굶어죽게 될 것이라며 눈물로 호소했다.

결국 낯선 거지는 군통의 간청을 절반만 받아들였다. 왕초가 되는 것은 마다하고 군통패거리를 보호해 주겠다고 했다. 그 대신 자신이 필요로 하는 것을 해달라고 요구했다.

그가 요구한 것은 매우 간단하고 쉬웠다. 두 사람 분의 하루 세 끼의 식사뿐이었다.

이후 낯선 거지는 약속한 대로 다른 거지패거리로부터 군통패거리를 철저하게 보호해 주었다.

그래서 군통은 빠른 속도로 호천교 일대를 장악하여 머지 않아서 호천일로파를 만들 수 있었다.

현재의 호천일로파는 거지들의 수효만 백여 명에 이를 정도라서 제남 내에서 제일 큰 거지패거리가 되었기 때문에 아무도 건드리지 못한다.

하지만 군통은 처음의 약속을 지금껏 지키고 있다. 처음에는 동냥한 음식찌꺼기로 세 끼 식사를 제공했었지만, 수입이 생기고 사정이 조금씩 나아지면서 점차 더 좋은 요리를 제공할 수 있게 되었다.

언제나처럼 '오대가'를 한 번 부르고 난 마두령은 이윽고 배로 올라가서 움막 앞에 조심스럽게 탕기를 내려놓고 공손히 허리를 굽힌 후에 배에서 내려와 왔던 길을 되짚어서 돌아갔다.

슥—

그리고 잠시 후에 움막 입구에 드리워진 천이 슬쩍 들쳐지면서 아래쪽에서 하나의 커다란 손 하나가 쑥 나오더니 탕기를 집고는 움막 안으로 사라졌다.

움막 안은 매우 좁았으나 비교적 잘 정돈되어 있었다.

그리고 한가운데에 매우 키가 큰 한 사람이 누워 있었다.

그 사람은 혼절했는지 눈을 감고 있는데, 눈이 퀭하고 양 뺨이 움푹 들어갔으며 광대뼈가 툭 불거지고 입 주변과 턱에 파르라니 까칠한 수염이 자란 모습이 흡사 목내이(木乃伊:미이라) 같은 모습이었다.

그리고 그의 머리맡에 한 사람이 책상다리의 자세로 앉아 있는데 그의 커다란 손에 탕기가 들려 있었다.

그는 이십오륙 세 정도의 청년이며, 어깨가 넓고 완강하며 다부진 체구를 지녔으며 특히 두 손이 솥뚜껑처럼 컸다.

또한 얼굴과 겉으로 드러난 두 손이 마치 숯을 칠해놓은 것처럼 시커멓다.

송충이처럼 굵고 시커먼 눈썹과 뭉툭한 코, 두툼한 입술을 갖고 있는 그는 일견하기에도 매우 우직하고 과묵한 성격일 듯했다.

그는 고아다. 핏덩이 때 거리에 버려졌기 때문에 부모가 누군지도 모른다.

그런 그를 우연히 발견하여 거두어준 사람이 개방 북경총타의 다섯 명의 분타주 중 한 명이었던 뇌웅(雷熊)이다.

이후 뇌웅은 그를 친자식처럼 키웠으며 몇 년이 지난 후에는 제자로 거두어 개방의 무공을 가르쳤었다. 그렇게 해서 그는 자연스럽게 개방제자가 되어 얼마 전까지 뇌웅의 최측근으로 활동을 했었다.

그는 부모로부터 이름을 받지 못했기 때문에 대신 뇌웅이 이름을 지어주었다.

유난히 새카만 그의 얼굴과 싸울 때의 용맹한 기상을 보고 뇌웅은 그에게 맹오(猛烏)라는 이름을 지어주었다. 즉, '사나운 까마귀' 라는 뜻이다.

호천일로파의 두령인 군통이 그를 '오대가' 라고 부르는 이유는 그가 자신을 '오(烏)' 라고 소개했기 때문이었다. 그래서 군통은 그를 '큰형님' 이라는 뜻의 '오대가' 라고 부르기 시작했던 것이다.

맹오가 소년거지 마두령이 두고 간 탕기를 열자 뜨거운 김과 함께 구수하고 향긋한 요리 냄새가 퍼져 나왔다.

오늘 저녁식사는 마른 해삼과 목이버섯, 표고버섯, 닭고기, 죽순 등 여덟 가지 몸에 좋은 재료를 넣어서 만든 팔보채(八寶菜)다.

맹오는 군통에게 환자의 몸에 좋은 요리만을 가져오라고 했기 때문에 삼시세끼 보양식만이 배달되고 있다.

맹오는 자신의 식성이나 먹고 싶은 것에 관계없이 오로지 눈앞에 누워 있는 목내이 같은 사람의 회복을 위해서만 신경을 쓰고 있다.

그는 한쪽에 있는 화덕에 불을 붙이고 그 위에 작은 솥을 얹고는 탕기의 요리를 쏟았다.

그리고는 한참 동안 끓여서 요리가 완전히 걸쭉한 죽이 될 때까지 기다렸다.

그는 죽을 다른 깨끗한 그릇에 적당한 양을 덜어낸 후에 숟가락으로 계속 저으면서 입으로 후후 불며 식혔다.

이윽고 죽이 미지근하게 식자 목내이 같은 사람의 상체를 일으켜서 자신의 무릎에 편히 눕히고는 입을 약간 벌리게 하여 죽을 숟가락으로 떠서 아주 조금씩 입안으로 흘려 넣어주었다.

목내이 같은 사람은 완전히 인사불성 상태이기 때문에 입안의 죽을 목으로 넘기지 못한다.

그래서 맹오는 한 숟가락을 먹이고는 숟가락을 내려놓고 손바닥으로 그의 목을 부드럽게 쓰다듬어서 죽이 목으로 흘러내리게 유도했다.

그의 행동은 지극히 조심스러웠으며 정성이 가득했다. 죽을 먹이는 것이 목적이 아니라 죽이 한 숟가락이라도 그의 목으로 잘 흘러내리도록 온 신경을 썼다.

그렇기 때문에 죽 한 그릇을 다 먹이는 데 걸린 시간이 반시진이다.

하지만 그것이 끝이 아니다. 맹오는 목내이사내의 이불을 허리까지 내리고 그때부터는 손바닥으로 목에서 명치 부위까지 부드럽게 쓸어내리기 시작했다. 먹인 죽이 위장까지 잘 도달하도록 유도하는 행동이다.

그런 후에는 깨끗한 헝겊을 따뜻한 물에 적셔서 목내이사 내의 입 주위를 깨끗이 닦아주고는 조심스럽게 원래의 자리에 다시 눕혔다.

그리고 나서야 그는 한쪽 구석에 웅크리고 앉아서 조용히 식사를 했다. 물론 팔보채를 푹 끓인 죽이다.

이후에도 그는 쉬지 않았다. 그가 하는 일은 거의 목내이사내를 돌보는 것이다.

아래쪽 이불을 걷고는 목내이사내의 바지를 벗기자 사타구니를 가리고 있는 넓적한 흰 천이 나타났다.

그러나 그것은 속곳이 아니라 석건(褯巾:기저귀)이다. 목내이사내가 혼수상태이기 때문에 대소변을 가리지 못해서 채워 놓은 것이다.

석건을 풀자 거기에는 묽은 대변과 소변이 범벅이 되어 흥건했다.

그러나 맹오는 얼굴 한 번 찌푸리지 않고 능숙한 손놀림으로 석건을 벗겨낸 후에 따뜻한 물에 적신 수건으로 사타구니를 깨끗이 닦고 새 석건을 사타구니에 채우고 바지를 입히고는 이불을 덮었다.

그다음에는 위쪽의 이불을 아래로 걷어 목내이사내의 상체가 드러나게 했다.

이어서 목내이사내의 앞섶을 풀고 조심스럽게 상의를 양쪽으로 활짝 젖혔다.

그러자 깡마른 목내이사내의 상체가 고스란히 드러났다. 움푹 파인 쇄골과 앙상한 어깨뼈, 그리고 볼썽사납게 불거진 갈비뼈와 홀쭉하게 달라붙은 뱃가죽.

그런데 목내이사내의 벌거벗은 상체는 몹시 이상했다. 보통사람하고는 전혀 다른 괴이한 모습이다.

보통 마른사람은 쇄골과 갈비뼈가 앙상하기는 해도 가로로 가지런히 드러나는 법인데, 목내이사내는 죄다 삐뚤삐뚤하고 어떤 것은 위로 또는 아래로 꺾였으며 또 죄다 도막도막 끊어져 있었다.

그것을 보면 목내이사내의 쇄골과 갈비뼈가 하나도 온전한 것 없이 모조리 부러졌다는, 아니, 바스러졌다는 사실을 알 수가 있다.

더구나 가슴과 복부의 경계 부위인 명치 부위가 갈가리 찢어진 옷을 노닥노닥 꿰맨 것처럼 누더기 같았다.

마치 가슴과 복부가 한꺼번에 터진 후에 제대로 치료를 하지 않은 듯했다.

더구나 찢어지고 터진 부위의 거미줄처럼 빽빽한 상처는 아직 아물지 않은 채 피딱지가 앉아 있고 어떤 곳에서는 누런 고름이 줄줄 흐르고 있었다.

그뿐이 아니다. 명치에서 왼쪽으로 두 치쯤에 쇠붙이 하나가 꽂혀 있었다.

쇠붙이는 살갗 밖으로 손가락 한 마디쯤 튀어나왔는데 단면이 삐죽삐죽했으며, 자세히 살펴보지 않아도 그것이 부러진 도(刀)라는 것을 알 수 있다.

그렇다. 목내이사내는 다름 아닌 태무랑이다. 그의 가슴에 꽂혀 있는 도는 반년 전에 현도왕가에서 생유쾌도에게 당한 것이다.

그리고 그의 가슴과 복부가 너덜너덜한 것은 화명군의 무극청신강에 정통으로 적중되었기 때문이고, 그 상처가 아직도 낫지 않은 상태다.

그는 현도왕가에서 그토록 처참한 중상을 당했으면서도 죽지 않았다. 다만 그때 입은 중상이 워낙 심해서 아직도 깨어나지 못하고 있다.

그가 지금까지 숨을 쉬고 살아있을 수 있었던 것은 오직 이곳에 있는 맹오 딕분이나.

그 당시에 개방은 사결제자(四結弟子) 이상만 현도왕가를 급습하는 데 동원됐었다.

그런데 맹오는 사결제자(四結弟子)라서 싸움에 참가하지 못하고 현도왕가 밖에서 만일의 사태에 대비하여 망을 보는 임무를 수행하고 있었다.

그런데 싸움이 시작된 지 반 시진쯤 지났을 때, 맹오가 지키고 있는 현도왕가의 담 안에서 밖으로 느닷없이 한 사람이 날아와서 맞은편 장원의 담에 세차게 부딪쳤다가 길바닥에 내동댕이쳐졌다.

깜짝 놀란 맹오는 급히 그 사람을 살펴보다가 소스라치게 놀라고 말았다.

그는 다름 아닌 태무랑이었던 것이다. 개방제자들은 무적신룡의 전신을 하도 많이 봐왔기 때문에 실물을 본 적이 없으면서도 단번에 그를 알아볼 수가 있다.

당황한 맹오는 잠시 동안 어쩔 줄 모르다가 정신을 차리고 조심스럽게 태무랑의 상태를 살펴보았다. 그리고는 그가 매우 위중한 상태라는 사실을 깨달았다.

어떻게 하든 빨리 손을 써야만 하는 상황인데 맹오는 의술에는 문외한이고 그곳은 치료를 하기에 적당하지 않은 장소라서 일단 태무랑을 안고 급히 그곳을 벗어나 가까운 의원으로 향했다.

태무랑의 상처를 살펴본 의원은 소생할 수 없다면서 고개를 절레절레 가로저었다.

비단 그 의원이 아니라 어떤 의원이 봐도 태무랑은 소생할 가능성이 단 일 푼도 되지 않을 정도로 처참한 상태였다.

그러나 맹오는 태무랑을 포기할 수 없었다. 그는 평소 천하에서 단 두 사람을 존경했었는데, 그를 거두어준 사부와 일개 군사의 신분에서 맨몸으로 무림의 영웅이 된 무적신룡이었다.

그런데 눈앞에서 무적신룡이 죽어가는 것을 두 눈 뻔히 뜨고 지켜볼 수는 없었다.

그는 의원에게 응급조치를 하라고 요구한 후에 치료가 끝나자 자신의 진기를 아낌없이 태무랑에게 주입시켰다.

이후 그는 태무랑을 안고 의원을 나섰다. 그를 개방 북경총타로 옮기려는 것이다.

그런데 거리에서는 난리가 벌어지고 있었다. 여러 명의 개방제자들이 사색이 되어 이리저리 도망을 치고 있고, 웬 정체불명의 고수들이 그들을 뒤쫓으면서 가차없이 죽이고 있는 것이다.

뭔가 심상치 않음을 느낀 맹오는 다시 의원으로 돌아와 태무랑을 눕혀놓고는 거지 옷 위에 의원의 옷을 하나 빌려서 껴입고 거리로 나섰나.

그리고 한 시진 만에 의원으로 돌아온 맹오는 얼굴이 하얗게 질려 있었다.

그가 알아낸 것은 많지 않았다. 하지만 알아낸 몇 가지는 매우 중요했고 그를 절망에 빠뜨리기에 충분했다.

현도왕가를 급습했던 개방을 비롯한 철화천궁과 절정문,

동창과 서창 등이 대패하여 절반은 죽고 절반은 뿔뿔이 흩어져서 도주했다.

싸움이 끝나자 무극신련 고수 수천 명이 거리로 쏟아져 나와서 현도왕가에서 도주한 고수들을 추격하거나 색출하여 주살하고 있다.

그 과정에 개방도 표적이 되어 거리에서 눈에 띄는 개방제자들은 가차없이 죽임을 당했다.

개방총타에는 아무도 없었다. 방주 괴노협이나 분타주들은 물론 개방제자는 한 명도 보이지 않았다.

무극신련 고수들에게 추살당하는 형편이기 때문에 개방총타로 오는 것은 무덤으로 걸어 들어오는 것이나 다름없는 상황이기 때문이었다.

맹오로서는 하늘이 무너지는 절망적인 상황에 처하고 말았다. 그는 태어나서 오로지 개방에서만 생활했었기 때문에 개방을 떠나서는 자신이 무엇을 할 수 있을지 아무것도 모르고 있다.

사부 뇌웅을 찾아보았으나 어디에도 보이지 않았다. 그도 죽었거나 도주한 것이 분명했다.

맹오는 의원의 골방에 처박힌 채 밖으로 나갈 엄두를 내지 못했다.

골방에는 그와 죽어가는 태무랑뿐이다. 맹오는 물끄러미

태무량을 굽어보았다. 생사기로에 처해 있는 태무량은 아무런 도움이 되지 못한다.

아니, 반대로 맹오가 태무량을 살려야만 한다. 그가 죽으면 모든 것이 끝장이다.

오로지 태무량만이 맹오의 희망이다. 그러므로 무슨 일이 있어도 그를 살려내야만 한다.

마음을 가다듬은 맹오는 일단 태무량을 데리고 무사히 북경을 벗어날 궁리를 했다. 하지만 아무리 머리를 쥐어짜도 방법이 생각나지 않았다.

무극신련 고수 수천 명이 두 눈을 시퍼렇게 뜬 채 설쳐대고 있는 거리로 태무량을 데리고 나가는 것조차 언감생심인데, 북경을 빠져나간다는 것은 아예 낙타가 바늘구멍을 통과하는 것보다 더 어려울 것이다.

결국 그는 의원에서 꼼짝도 하지 않고 쥐 죽은 듯이 며칠을 지내기로 결정했다.

다행히 개방과 인연이 있는 의원이라서 며칠 신세를 지는 것쯤은 괜찮을 터이다.

그렇게 의원에서 닷새를 보낸 맹오는 북경성 내가 잠잠해졌다는 판단이 서자 행동을 개시했다.

돈이 없는 그는 태무량의 품속을 뒤져서 오십 냥 정도의 은자를 찾아냈다.

또한 태무랑의 품속에서는 옥으로 만든 '구주옥패'가 나왔고, 맹오는 그것이 무엇인지 알았다.

은자 천만 냥에서 일억 냥까지 구주전장에 예치를 하면 주는 것이 바로 구주옥패다. 그것을 천하 어디에나 존재하는 구주전장에 갖고 가면 예치한 돈의 한도 내에서 얼마든지 내준다.

하지만 그것을 함부로 사용할 수는 없다. 무조건 위험하기 때문이다.

현재의 맹오로서는 첫째도 조심 둘째도 조심. 무조건 조심하는 것이 상책이다.

무엇보다도 다행스러운 일은 지난 닷새 동안 태무랑이 죽지 않았다는 사실이다.

그렇다고 상태가 호전된 것도 아니다. 하지만 죽지 않았다는 것은 살아날 가망이 있다는 뜻이기 때문에 맹오는 희망을 버리지 않았다.

그는 자신이 태무랑을 발견한 것이 하늘의 계시라고 생각했다. 만약 태무랑이 없었다면 그는 지금과 같은 상황을 절대로 견뎌내지 못했을 것이다.

죽어가는 태무랑을 만났기에, 그를 살려야 한다는 책임감이 가슴속에서 활활 타오르고 있기 때문에 맹오는 절망하지 않고 역경을 헤쳐 나가려 하는 것이다.

맹오는 은자 오십 냥을 최대한 이용하여 북경을 빠져나가는 데 성공했다.

그리고는 성 밖에서 마차를 한 대 사서 태무랑을 태우고 일로 제남을 향해 쉬지 않고 달렸다. 가장 가까운 개방 제남분타에 도움을 청하려는 것이다.

하지만 천신만고 끝에 제남에 도착한 그는 땅이 꺼지는 절망을 맛보아야만 했다.

개방 제남분타는 아무도 없이 텅 비어 있었다. 그렇다고 무엇 때문에 그런 것인지 알아보고 다니는 것은 어리석다는 생각이 들었다.

맹오의 머리에 최초로 떠오른 생각은, 무극신련이 제남지부를 몰살시켰을 것이라는 추측이다.

아니, 무극신련은 무림의 모든 개방분타들을 초토화시켰을 것이 분명하다.

북경총타와 제남지부가 몰살을 당했고, 제남성에 그 많던 개방제자가 한 명도 보이지 않는다는 것이 그 증거다.

개방이 현도왕가를 공격하는 일을 도왔기 때문에 무극신련이 보복을 하는 것이리라.

북경에서 제남까지 사백여 리 먼 길을 달려온 맹오는 다른 곳으로 갈 엄두가 나지 않았다.

그래서 일단 제남의 은밀한 곳에 은둔하기로 마음먹었다.

급선무는 태무랑을 치료하는 것이지 자신의 안위 따위가 아니기 때문이다.

그러나 북경에서 제남까지 오는 동안 말과 마차를 사는가 하면, 이것저것 탈출에 필요한 것들을 사느라 은자 오십 냥을 다 써버려서 빈털터리가 됐다.

그래서 그는 태무랑을 의원에도 맡기지 못하고 그를 제남성 밖의 어느 토지묘 속에 감춰놓고는, 자신은 성내로 들어와서 동냥을 했다.

그 장소가 바로 호천교였고, 그곳에서 장차 호천일로파의 두령이 될 군통을 만났다.

맹오는 목내이사내 태무랑의 짓이겨진 가슴을 물끄러미 굽어보다가 손바닥을 그의 명치 아래에 밀착시키고 부드러운 진기를 주입하기 시작했다.

맹오는 하루에 다섯 차례 태무랑에게 진기를 주입하는데, 지금 하는 것은 하루의 마지막 주입이다.

第九十六章
밑바닥에서

맹오는 제남에 도착한 이후 한 달이 지난 다음부터는 태무
랑 곁을 한시도 떠난 적이 없었다.

그 한 달 동안도 태무랑 곁에 거의 붙어 있었지만 처음에는
동냥을 하기 위해서, 그다음에는 태무랑을 치료하려고 의원
들을 찾아다니느라, 그리고 마지막으로 군통의 적들을 처리
하느라 자리를 비웠던 것뿐이었다.

그러나 제남의 어떤 의원들도 태무랑을 치료하지 못한다
는 사실을 알고 나서부터는 일체 그의 곁을 떠나지 않았다.
제남의 의원들이 태무랑을 치료하지 못한다면, 다른 곳의 의원들도 마찬가지라고 판단했다. 그래서 제남을 떠나지 않았으며, 떠날 엄두도 내지 못했었다.

그래서 맹오는 결론을 내렸다. 자신이 태무랑을 위해서 해줄 수 있는 것은 단 하나며, 그것은 그의 생명을 유지시켜 주는 것뿐이라고 말이다.

너무도 안타까운 일이지만 맹오가 할 수 있는 것은 실제로도 그것 하나뿐이었다.

초여름 밤.

맹오의 배에 호천일로파의 두령인 군통이 직접 찾아왔다.

"오대가, 소제 군통입니다."

거지 백여 명을 거느리고 있는 호천교 일대 거지두령이지만 맹오에게만은 항상 지나칠 정도로 깍듯하다.

맹오가 군통의 적들을 해치울 때의 기가 막히도록 멋진 권각술을 똑똑히 봤기 때문이다. 만약 군통이 자칫 맹오에게 실수라도 하는 날에는 그 멋들어진 권각술이 군통에게 발휘될 것이 분명하다.

"소제가 좋은 것을 가져왔습니다. 한 번 보십시오."

맹오와 비슷한 나이에 기골이 장대하고 넙데데한 얼굴에 짙은 구레나룻을 기른 듬직한 모습의 군통은 지난 반년 동안 값비싸고 좋은 물건이 생기기만 하면 어김없이 맹오에게 가져와서 바쳤다.

하지만 맹오는 그것들을 모두 마다하고 오로지 한 가지 종류만을 거두었다.

그것은 약재 종류다. 오래 묵은 인삼이라든지 구하기 어려운 하수오(何首烏) 같은 것은 묵묵히 받아서 챙겼었다. 태무랑에게 복용시키기 위해서다. 하지만 그것들은 태무랑에게 아무 소용이 없었다.

그다음부터 군통은 눈에 불을 켜고 진귀한 약재를 찾아다녔으며, 구하면 반드시 맹오에게 바쳤다. 아마 지금도 그런 약재를 하나 구한 모양이다.

군통의 공손한 부름에도 배의 움막 안에서는 아무런 대답도 반응도 없다.

그런데도 군통은 장승처럼 우뚝 서서 묵묵히 기다렸다. 맹오가 금세 나오지 않는다는 것을 여태까지의 경험으로 잘 알고 있기 때문이다.

슥—

그로부터 반 다경쯤 지났을 때 움막의 천이 들춰지며 비로소 맹오가 모습을 드러냈다.

군통은 즉시 공손히 허리를 굽혀 예를 취하고 나서 오른손에 들고 있는 손잡이가 달린 둥근 나무통을 치켜들며 미소를 지었다.

"술과 요리도 좀 가져왔습니다."

지난 반년 동안 군통은 세 차례 맹오와 술을 마셔본 적이 있었다.

군통이 오십 번도 넘게 술을 갖고 왔었지만, 맹오가 응한 것은 딱 세 번뿐이었다.

그런데도 군통은 지치지 않고 꾸준히 술을 갖고 와서 함께 마시기를 청했다.

그런 것을 보면 꼭 거래 때문만이 아니라 군통의 성격이 무던하다고 말할 수 있다.

움막에서 나온 맹오는 군통에게는 눈길조차 주지 않았다. 그리고는 머리 위로 가로지른 호천교 한쪽 끝으로 보이는 검푸른 밤하늘에 시선을 주고 침묵을 지키고 있다가 가볍게 고개를 끄덕였다.

그것이 신호인 듯 군통은 입으로만 벙긋 미소 지으면서 서둘러 배 위로 올라와 배 앞쪽의 좁은 공간 바닥에 갖고 온 것들을 내려놓고 능숙하게 술상을 차렸다.

술상이라고 해봤자 갖고 온 요리를 꺼내놓고 술잔 두 개와 술병을 늘어놓는 정도일 뿐이다.

쪼르르.

군통은 맹오가 쳐다보지 않는데도 두 손으로 공손히 그의 잔에 술을 따르고 나서 자신의 잔에도 따랐다.

그러고 나서 조심스럽게 맹오의 얼굴을 살펴보았다. 오늘도 변함없이 맹오의 표정은 어두웠으며 수심이 깊이 드리워져 있었다.

군통은 맹오의 얼굴에서 시선을 거두고 이번에는 움막의 입구를 쳐다보았다.

그는 움막 안을 한 번도 본 적이 없기 때문에 그 안에 무엇이 있는지 모른다.

하지만 몹시 아픈 사람이 누워 있을 것이라고 막연하게 짐작은 하고 있다.

맹오가 두 사람분의 요리를 원하고 있으며, 또한 재물에 욕심이 없는 그가 진귀한 약재는 마다하지 않고 거두기 때문에 미루어 짐작한 것이다.

군통은 맹오가 움막 안에 있는 사람에게 지극정성이라는 것을 잘 알고 있다.

그래서 과연 저 안에 누워 있는 사람이 누구며 맹오하고 어떤 관계인지 몹시 궁금했으나 여태 한 번도 직접 물어본 적이 없었다.

이윽고 맹오가 군통 맞은편에 앉았다. 하지만 술잔을 들지 않고 묵묵히 군통을 쳐다보기만 했다.

군통은 그 뜻을 알아차렸다. 오늘은 무슨 약재를 갖고 왔느냐고 묻는 것이다.

군통은 품속에서 종이에 싼 엄지손톱 두 개 크기의 물건을 공손히 맹오에게 내밀었다.

"귀한 것이라고 하는데 무엇인지는 모르겠습니다."

바스락—

맹오가 종이를 풀자 호두알만 한 크기의 둥글고 붉은 은은한 빛을 발하는 물체가 모습을 드러냈다.

"천년화리(千年火鯉)!"

그런데 그것을 보는 순간 맹오는 크게 놀라 부지중 낮은 외침을 터뜨렸다.

개방제자들이 무림에 대한 상식이 꽤 탁월한 것은 주지의 사실이다.

더구나 맹오는 사부 뇌웅으로부터 많은 것들을 배웠으므로 천하의 기진이보(奇珍異寶)에 대해서 잘 알고 있었던 것이다.

그의 지식이 틀리지 않았다면, 지금 보고 있는 것은 천년화리의 내단(內丹)이 분명했다.

잉어가 백 년 동안 살게 되면 그때부터 몸속에 내단이 형성되며 푸른색을 띠는데, 그것을 백년화리(百年火鯉)라 하고, 만병에 특효가 있으며 또한 무병장수에 지대한 효험이 있다고 전해진다.

그런데 백년화리가 다시 구백 년을 더 살아 천 년이 되면 천년화리가 되고, 몸속에 붉은색의 내단을 형성하는데 그 효능은 백년화리의 내단하고는 비교할 수조차 없을 정도로 탁월하다고 한다.

맹오는 눈도 깜빡이지 않고 자신의 손바닥 위에 올려 있는 붉은 기운이 감도는 물체를 뚫어지게 쏘아보았다. 몇 번을 자세히 살펴봐도 그가 배운 천년화리의 내단의 모습과 정확하게 일치했다.

군통은 긴장된 표정으로 지켜보다가 궁금증을 참지 못하고 조심스럽게 물었다.

"이게… 천년화리라는 겁니까?"

"음. 그런 것 같다."

맹오는 천년화리의 내단에서 눈을 떼지 않은 채 가볍게 고개를 끄덕였다.

사실 그는 매우 흥분하고 있는데 그걸 억누르고 있다. 어쩌면 천년화리의 내단이 태무랑에게 효과가 있을지 모른다고 기대하기 때문이다.

맹오는 천년화리의 내단을 손안에 움켜쥐고 군통을 쳐다보며 진지한 표정을 지었다.

"고맙다."

이것은 군통이 여태껏 갖다 준 여러 가지 약재 중에서 가장 훌륭한 것이다.

맹오에게서 한 번도 고맙다는 소리를 들어본 적이 없는 군통은 깜짝 놀라서 휘휘 손을 내저었다.

"어이구. 그런 말씀 마십시오. 오대가……!"

"잠시 혼자 마시고 있어라."

맹오는 군통의 대답도 듣지 않고 일어나서 움막 안으로 들어갔다.

군통은 상기된 표정으로 맹오를 쳐다보다가 흐뭇한 미소를 지으면서 술잔을 들어 입으로 가져갔다.

맹오는 경건한 마음과 동작으로 태무랑의 상체를 일으켜서 그에게 죽을 먹일 때처럼 상체를 자신의 무릎에 비스듬히 눕혔다.

이어서 그의 입을 최대한 크게 벌리고 천년화리의 내단을 검지와 중지 두 손가락으로 집어 그의 입안 깊숙이에 밀어 넣어주고 입을 닫았다.

그리고는 그의 턱과 목을 부드럽게 아래로 쓰다듬어 천년화리의 내단이 밑으로 흘러 내려가게 유도했다.

그러면서 그는 천년화리의 내단이 부디 태무랑에게 효험이 있기를 간절히 기원했다.

하지만 사실 그는 천년화리의 내단이 태무랑의 상태에 어떤 효험이 있을지에 대해서는 모르고 있다.

다만 천년화리의 내단이 너무나 유명한 전설적인 영단(靈丹)이니까 태무랑에게 좋을 것이라고 막연하게 기대하고 있는 것이다.

그는 태무랑의 목과 가슴을 충분히 쓰다듬어 준 후에는 그의 명치에 손바닥을 밀착시키고 부드러운 진기를 주입시켜 주었다.

천년화리의 내단이 태무랑의 체내에서 잘 용해될 수 있도록 도우려는 것이다.

진기 주입을 마친 맹오는 손을 떼다가 시선이 태무랑의 가슴 아랫부분에 멈추었다.

그곳에는 부러진 도가 악마의 흉측한 이빨처럼 삐죽삐죽 튀어나와 있었다.

맹오는 지난 반년 동안 그 도를 뽑으려고 무던히도 애를 썼으나 번번이 실패하고 말았었다.

부러진 도는 태무랑의 몸의 일부가 돼버린 것처럼 꿈쩍도 하지 않았다.

마치 그의 팔이나 다리를 몸에서 떼어내려는 것처럼 힘들었다. 그래서 결국 포기하고 말았었다. 팔이나 다리를 떼어낼 수는 없기 때문이다.

맹오는 혹시 천년화리의 내단이 태무랑의 몸에 어떤 변화라도 일으키지 않을까 잔뜩 기대하면서 그의 머리맡에 앉아

지켜보았다.

하지만 이각 동안이나 기다렸지만 태무랑에게서는 아무런 변화도 일어나지 않았다.

그는 언제나처럼 목내이의 모습으로 어둠 속에 죽은 듯이 누워 있을 뿐이었다.

맹오는 좀 더 앉아 있다가 이윽고 몸을 일으켜 움막 밖으로 나가 군통 맞은편에 앉았다.

뭔가 잔뜩 기대하는 표정으로 맹오의 얼굴을 쳐다보던 군통은 그가 침통한 표정을 짓고 있는 것을 보고 실망을 금치 못했다.

그 역시 천년화리라는 것이 움막 안에 있는 환자에게 효험이 있기를 기대했었던 것이다.

그때부터 두 사람은 입을 굳게 다문 채 대여섯 잔의 술을 마셨다. 맹오는 맹오대로, 군통은 군통대로 우울한 기분에 사로잡혀 있었다.

맹오는 요리에는 손도 대지 않고 술만 마셨다. 그는 오늘만큼은 취하고 싶은 기분이다.

힘들고 짜증이 나서가 아니라 도무지 깨어나지 못하는 태무랑이 걱정되기 때문이다.

그가 너무나 안쓰러웠다. 그에 대해서는 무림에 알려진 정도밖에는 모르지만, 무적신룡 같은 영웅이 이런 음침한 배의 움막 안에서 반년째 생사기로에 놓여 있다는 생각을 하면 가슴이 답답해졌다.

"저… 오대가."

그때 아까부터 말할 기회를 살피고 있던 군통이 조심스레 말문을 열었다.

"북쪽 양길문(良吉門) 근처에 아주 용한 의원이 있는데 소제가 한 번 모셔올까요?"

맹오가 시선조차 주지 않는데도 군통은 개의치 않고 자신의 하고 싶은 말을 이었다.

"소문에 의하면 못 고치는 병이 없다고 합니다. 그쪽 양길문 일대에서는 그 거지를… 아니, 그 의원을 활불(活佛)이라고 칭송이 자자하답니다."

그는 '거지' 라고 했다가 급히 말을 바꾸었다. 하지만 '거지' 라는 말이 맹오의 관심을 끌었다.

"거지가 의원이라는 말이냐?"

맹오는 말쑥한 옷차림에다 이마에 영웅건까지 두른 전혀 거지패거리의 두령 같지 않은 모습의 군통을 쳐다보면서 무표정한 얼굴로 물었다.

"솔직하게 말씀드리자면 그자는 의원이라기보다는… 그저 동냥을 하면서 그 동네 빈민들에게 의술을 펴는… 뭐랄까, 좀 이상한 노인네입니다요."

"뭐가 이상하다는 게냐?"

군통은 고개를 모로 꼬았다.

"그 거지는 가난하고 천박한 사람들만 고칩니다요. 소문을 듣고 찾아온 부자들은 거들떠보지도 않아요. 게다가 병든 사람을 고쳐주고는 대가로 뭘 받는지 아십니까?"

군통은 맹오가 물어봐 주기를 기대했으나 뜻을 이루지 못하자 제풀에 겨워 그냥 설명했다.

"대가가 한 끼 밥입니다요. 그것도 좋은 요리는 극구 마다하고 그냥 먹다가 남은 찬밥이나 뭐 그런 거면 만족한다는 겁니다. 거참 이상한 거지, 아니, 의원이죠?"

맹오는 말만 듣고도 그 거지노인이 범상하지 않다는 것을 짐작했다.

어쩌면 그 거지노인이 태무량을 치료할 수도 있을지 모르겠다는 실낱같은 희망이 생겼다.

아니, 언감생심 치료까지는 기대하지 않더라도 나을 수 있는 어떤 방향만이라도 제시해 주기를 원했다.

"너 내일 날이 밝는 대로 이리 오너라."

"알겠습니다. 소제가 오대가를 그 거지노인에게 안내해 드리겠습니다요."

바로 그때 청천벽력 같은 일이 벌어졌다. 움막 안에서 누군가의 목소리가 흘러나온 것이다.

"밖에 누가 있느냐?"

작고 흐릿하지만, 굵은 저음의 또렷한 목소리였다.

후다닥!

순간 맹오는 혼비백산 놀라 펄쩍 뛰듯이 몸을 날려 움막 안으로 미친 듯이 달려들어 갔다.

한 번도 들어본 적이 없지만 방금 들은 목소리가 태무랑의 것이라고 판단한 것이다.

"여, 여기 갑니다!"

맹오는 태무랑의 머리맡에 무릎을 꿇고 앉아 떨리는 손으로 유등에 불을 밝혔다.

태무랑이 깨어났으면 맹오 자신의 얼굴을 알아볼 수 있도록 하기 위해서다.

태무랑은 움푹 꺼진 눈을 반쯤 뜨고 움막의 천장을 쳐다보고 있었다. 마치 처음부터 눈을 뜨고 혼절한 듯한 부유(浮游)한 눈빛이었다.

그것은 맹오로서는 한 번도 본 적이 없는 무적신룡의 눈, 아니, 용안(龍眼)이다.

"깨… 어나셨군요……."

맹오는 소나기처럼 눈물을 흘리면서 와들와들 떨리는 목소리로 흐느끼듯이 말했다.

태무랑은 눈동자를 굴려 맹오를 쳐다보았다.

"너는 누구냐?"

"저는 개방 북경총타 제삼분타주 뇌웅의 수하인 맹오라고 합니다."

귀에 익숙한 개방이라는 말을 들은 태무랑의 얼굴에 흐릿한 미소가 떠올랐다.

"풍개도 여기 있느냐?"

"신풍개 소방주 말씀입니까?"

"그래."

"소… 방주는 안 계십니다."

"그래?"

태무랑은 눈을 뜨고 말은 하게 되었으나 움직이지는 못하는 것 같았다.

"그런데… 너는 왜 우느냐?"

"저는… 저는……."

맹오는 태무랑이 깨어났다는 사실 때문에 감격에 겨워서 흐느끼느라 말을 잇지 못했다.

태무랑은 눈동자를 굴려 주위를 살폈다. 하지만 고개를 움직이지 못하는 듯 시계(視界)가 좁아서 원하는 광경을 다 보지 못했다.

그러나 본다고 해도 좁은 움막 안에는 볼만한 것이 별로 없는 상황이다.

그의 눈동자가 다시 맹오에게 향했다.

"할아버님… 소 성협과 상아… 철화빙선은 어찌 되었느냐? 내 아내… 수월공주는……."

맹오는 태무랑에 대해서 자세한 것은 모른다. 하지만 지금 그가 하는 말을 듣고, 그가 소천군을 할아버지로, 수월공주를 부인으로 삼았으며, 철화빙선하고도 친분이 있는 것으로 해석했다.

"그분들에 대해서는… 잘 모릅니다……."

"후우……."

그런데 갑자기 태무랑이 힘든 듯 길게 한숨을 내쉬었다. 맹오가 살펴보니 그의 깡마른 얼굴에 힘든 기색이 역력하게 떠올라 있었다.

맹오는 크게 놀랐다.

"대협! 괜찮으십니까?"

태무랑은 잠시 가쁜 숨을 몰아쉬더니 이윽고 조용한 목소리로 말했다.

"맹오라고 했느냐?"

"네, 대협."

"어떻게 된 일인지 자세히 설명해다오."

"네… 대협……."

한 시진에 걸쳐서 맹오의 긴 설명이 끝나고 움막 안에는 다시 적막이 감돌았다.

맹오는 더 이상 눈물을 흘리지 않았고 처음보다 많이 진정된 상태다.

그는 걱정스러운 표정으로 물끄러미 태무랑을 살폈다. 맹오가 설명을 하는 내내 태무랑은 눈을 감고 있었기 때문에 그가 다시 혼절의 늪에 빠진 것인지, 아니면 듣고 있는 것인지 알 수가 없었다.

맹오는 자신이 반년 전에 현도왕가 담 밖에서 처음 태무랑을 발견했을 때부터 지금까지의 과정을 하나도 빼놓지 않고 자세하게 설명을 했다.

또한 그동안 자신이 알게 된 무림과 천하의 정세에 대해서도 덧붙여 설명했다.

설명이 끝나고 나서 한참을 기다려도 태무랑에게서 아무런 반응이 없자 맹오는 더럭 겁이 났다.

"대협."

맹오의 조심스러운 부름에 태무랑이 스르르 눈을 떴다. 그제야 맹오는 안도의 표정을 지으며 가슴을 쓸어내렸다. 그는 태무랑이 깨어났다는 이 기적 같은 일이 갑자기 물거품처럼 사라질까 봐 조마조마했다.

태무랑은 맹오를 보며 조용히 입을 열었다.

"고맙다, 맹오."

그는 지금의 처참한 상황에 절망하기보다는 맹오에게 고마움을 느꼈다.

한 번의 커다란 풍파는 그를 또다시 어느 정도 성장시키고 또 변화시켰다.

"대, 대협… 저는……."

맹오는 크게 당황하여 어쩔 줄을 몰랐다. 치하를 받자고 반 년 동안 태무랑에게 헌신한 것은 아니지만, 막상 그에게 고맙다는 말을 듣자 맹오는 그동안의 고생이 눈 녹듯이 사라지는 듯했다.

"네 말을 들어보니 세상이 바뀐 것 같군."

"그… 렇습니다."

"현도왕은 죽었는데… 현도왕이 황제가 되다니……."

맹오는 크게 놀랐다.

"현도왕이 죽었습니까?"

"음. 할아버님께서 손수 죽였나."

"할아버님이시라면… 절정문주이신 절정성협 소 성협을 말씀하시는 것입니까?"

"그래."

태무랑은 잠시 침묵하다가 조용히 중얼거렸다.

"아무래도 화명군 그자가 황제가 된 것 같군."

맹오는 움찔 놀랐다.

"화명군이라면… 무극신련 총련주인 환우천제를 말씀하시는 것입니까?"

"그렇다. 그자가 흉계를 꾸며 할아버님을 죽이고 나를 이 지경으로 만들었다……."

"아……."

맹오는 자신이 여태 모르고 있던, 그리고 궁금하게 여겼던 사실을 알고는 크게 놀랐다. 천하제일인 소천군이 죽었다는 소문은 들은 적이 없기 때문이다.

아니, 맹오는 태무랑 곁을 거의 떠난 적이 없어서 그런 소문이 나돌았어도 듣지 못했을 수도 있다.

맹오는 조심스럽게 태무랑을 살폈다. 그가 자신의 처지를 깨닫고 크게 비관할 것이라는 노파심 때문이다. 하지만 태무랑의 얼굴이 워낙 깡말라서 그가 무슨 표정을 짓고 있는지 분간할 수가 없다.

"맹오, 나를 일으켜다오. 내가 얼마나 다쳤는지 내 눈으로 봐야겠다."

태무랑의 말에 맹오는 선뜻 그를 일으키지 못했다. 그가 자신의 참혹한 모습을 눈으로 보고 절망하는 모습이 눈에 선하기 때문이다.

"대협……."

"괜찮다."

맹오는 어쩔 수 없이 조심스럽게 태무랑의 상체를 잡고 일으켜서 자신의 몸에 기대게 해주었다.

태무랑은 맹오의 어깨에 머리를 기대고 눈을 내리깔아 자신의 가슴과 복부를 굽어보았다.

하지만 맹오가 우려했던 일은 일어나지 않았다. 태무랑은 마치 남의 몸을 보듯이 물끄러미 자신의 상처를 굽어볼 뿐 아무런 동요도 하지 않았다.

그가 몸을 움찔 떨거나 놀랐다면 그와 몸을 맞대고 있는 맹오가 느끼지 못할 리 없다. 그래서 맹오는 그의 대범함에 또다시 감탄했다.

"됐다."

태무랑의 말에 맹오는 그를 다시 원래대로 눕혔다.

태무랑은 한동안 눈을 감고 자신의 몸 상태에 대해서 깊이 생각했다.

그리고는 눈을 감은 채 운공조식을 시도해 보았다. 하지만 몇 차례 시도하다가 그만두었다.

운기 자체가 되지 않을뿐더러 가슴과 복부가 조각나는 것처럼 고통스러웠고, 또 너무 힘들었다. 그것은 마치 온몸이 밧줄에 꽁꽁 묶인 상태로 진흙 늪에 빠져서 몸부림을 치는 듯한 허망한 느낌이었다.

그래서 그는 조금 실망했다. 그러나 그것뿐이다. 좌절하거나 절망하지는 않았다.

　자신이 아직 살아 있기 때문이고, 그러므로 기회가 있을 것이라고 생각한 것이다.

　태무랑은 눈을 뜨고 눈동자를 굴려 맹오를 쳐다보았다. 그러다가 그의 뒤에 누군가 앉아 있는 옆모습을 조금 발견하고는 조용히 물었다.

　"맹오, 네 뒤에 있는 사람은 누구냐?"

　순간 맹오는 움찔 놀라서 급히 뒤돌아보았다.

　그리고는 자신의 뒤에 군통이 무릎을 꿇고 앉아 있다가 화들짝 놀라는 표정을 짓는 것을 발견하고 얼굴이 보기 싫게 일그러졌다.

　"군통, 네놈이!"

　"오… 오대가……."

　군통은 맹오의 표정이 사납게 변하는 것을 보면서 본능적으로 위기를 느끼고 몸을 후드득 떨었다.

　맹오는 주먹을 쥔 손을 들어 올렸다. 한 주먹에 군통을 죽이려는 것이다.

　태무랑을 봤으며 지금까지 벌어진 일들을 목격하고 들었기 때문에 비밀을 지키기 위해서는 죽일 수밖에 없다. 맹오로서는 군통을 죽이는 것이 추호도 거리낄 것이 없다. 벌레 한 마리 죽이는 것에 지나지 않는다. 그에게는 은혜나 채무 같은 것을 조금도 느끼지 않기 때문이다.

"오… 대가…… 제발……."

아까 움막 안에서 태무랑의 목소리가 흘러나왔을 때 맹오가 크게 놀라서 달려들어 가자, 평소에 움막 안에 있는 사람에 대해서 몹시 궁금하게 여겼던 군통도 엉겁결에 따라 들어왔던 것이다.

"그자는 누구냐?"

그때 태무랑이 묻자 맹오는 군통의 머리를 내려치려다가 멈추고 태무랑을 향해 돌아앉아 군통에 대해서 공손히 설명해 주었다.

"죽이지 마라."

설명을 듣고 난 태무랑은 간단하게 결론을 내려주었다.

"하지만……."

"그에게 도움을 받았는데 오히려 그를 죽이는 것은 배은(背恩)이다. 그러면 안 된다."

"알겠습니다."

맹오가 공손히 대답하자 그제야 군통은 안도하여 온몸에 힘이 빠져 축 늘어졌다.

군통은 조심스럽게 태무랑을 살펴보았다. 비록 겉모습은 목내이처럼 깡말라서 볼품이 없지만, 군통의 눈에는 전혀 그렇게 보이지 않았다.

지금까지 태무랑과 맹오가 나누는 대화를 하나도 빼놓지 않고 다 들었기 때문이다.

군통은 무림인이 아니지만 오랜 거지생활을 하다 보니까 주워들은 상식이나 소문이 제법 많은 편이다.

아니, 굳이 상식이 풍부하지 않더라도 무적신룡이니 절정성협, 환우천제, 수월공주라는 너무도 유명한 인물들에 대해서는 알고 있다.

군통으로서는 그 이름의 인물들이 지상의 인간이 아닌 천상계(天上界)의 신선들쯤으로 여겨졌었다. 무림의 영웅인 무적신룡이나 천하제일인 절정성협, 무림최대방파인 무극신련의 총련주 환우천제, 그리고 황궁에서 가장 아름답다는 수월공주 같은 인물들이 어찌 군통과 같은 부류의 인간일 수 있겠는가, 라는 것이 그의 생각이었다.

더구나 무적신룡은 만인의 영웅이었다. 혈혈단신으로 가족의 복수를 하기 위해서 무림최대방파인 무극신련과 싸우는 그의 이야기는 어느새 천하 방방곡곡으로 퍼져 나가 모든 사람들이 가장 즐겨하는 전설이나 신화처럼 돼버렸었다.

더구나 무적신룡이 변방의 화전민 출신이며, 일개 군사의 신분이었다는 사실이 사람들을 더 자극했으며 자신들의 이야기처럼 느끼게 해주었다.

그런데 그 무적신룡이 바로 군통의 눈앞에 있는 것이다. 군통은 자신의 눈으로 무적신룡을 직접 보게 되다니, 꿈을 꾸고 있는지 생시인지 믿어지지 않았다.

더구나 무적신룡의 할아버지가 천하제일인 절정성협이고, 그의 아내가 수월공주이며, 친구가 철화빙선, 그리고 그를 이 지경으로 만든 인물이 환우천제라니 실로 엄청난 이야기인 것이다.

당금 천하에서 가장 유명한 인물들이 무적신룡과 다 연관이 있는 것이다.

"이리 와라."

태무랑이 나직이 말하자 군통은 부르르 몸을 떨더니 비몽사몽 간에 엉금엉금 기어서 그에게 다가갔다.

태무랑은 맹오 옆에 앉은 군통을 쳐다보며 엷은 미소를 지어 보였다.

"고맙다."

"아아… 소인은… 소인은……."

군통은 감격으로 가슴이 먹먹해져서 어쩔 줄 모르고 말을 더듬거렸다.

그러더니 이마를 바닥에 쿵 소리 나게 짓찧으면서 외치듯이 말했다.

"소인 군통! 대협께 목숨을 바치겠습니다!"

하찮은 거지패거리의 왕초 주제에 무슨 목숨을 바치겠다
는 것인지.

第九十七章

천산(天山)으로

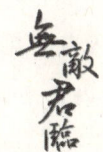

천년화리의 내단은 극양지기로 이루어져 있다. 즉, 오행지기의 화기에 해당하는 기운이다.

그렇기 때문에 그 기운이 태무랑을 반년 동안의 긴 혼수상태에서 깨운 것이다.

하지만 단지 그것뿐이다. 너무도 극심한 중상을 입어서 오행지기를 끌어올릴 수 없는 처지가 돼버린 태무랑의 정신을 깨우는 역할만 한 것이다.

현재 그의 오행지기는 체내 깊숙한 여러 곳에 흩어져서 잠재되어 있는 상태다. 그러므로 운공조식을 해서 그것을 끌어내야지만 상처를 치료할 수도 있고, 가슴에 꽂힌 도를 뽑아낼 수도 있다.

그렇기에 잠재된 오행지기를 깨우려면 천년화리보다 더 큰 힘과 신통력을 지닌, 그리고 오행지기와 연관된 영약을 복용해야만 한다.

다음날 아침. 다른 때와는 달리 군통이 아침식사를 직접 가지고 왔다.

맹오는 태무랑에게 아침식사를 먹이고 나서 기저귀를 갈아준 다음에 공손히 말했다.

"대협, 잠시 동안만 혼자 계셔야겠습니다. 다녀올 곳이 있습니다."

의술이 뛰어나다는 거지노인을 데려오기 위해서다.

"알았다."

태무랑은 대답하고는 눈을 감았다. 그는 혼자 있는 동안 계속 운공조식을 해볼 생각이다.

맹오는 군통의 안내로 호천교를 떠나 제남성 북쪽의 양길 문으로 출발했다.

하지만 태무랑은 혼자 있지 않았다. 그가 있는 배 근처와 호천교 일대를 수십 명의 거지들이 철통같이 지켰다. 그들은 군통의 명령을 받은 호천일로파의 거지들이었다. 일개 삼류

무사가 공격을 해도 지리멸렬하고 말 그들이지만 의지만큼은
대단했다.

"저 노인입니다."

군통이 가리키는 거지노인을 보는 순간 맹오는 너무 놀라
서 자신의 눈을 의심했다.

'저분은 약사(藥師)장로님!'

그는 혹시 자신이 잘못 본 것이 아닌가 하여 몇 번이나 눈
을 비비고 다시 봤지만 틀림없는 약사장로다.

개방에는 세 명의 장로가 있다. 칠결제자(七結弟子)인 그들
은 구결(九結)인 방주와 팔결(八結)인 방주의 후계자를 제외하
곤 개방 내에서 최고의 신분이다.

약사신개(藥師神丐)는 개방삼장로 중 한 명이며 칠결제자
로서 신(神)에 필적할 만한 의술을 지니고 있는데다 자비심이
넓어서 약사여래불(藥師如來佛)의 이름을 따 '약사신개'라고
불렀다.

맹오는 약사신개와 개인적인 친분은 없었지만, 분타주인
뇌웅의 제자라는 신분 덕분에 가까이에서 약사신개를 볼 기
회가 자주 있었다.

약사신개가 자리를 잡은 곳은 제남성 양길문 안쪽의 호천
진주천(虎泉珍珠泉) 개천가였다.

그의 앞에는 십여 명이나 되는 환자들이 길게 늘어앉아서 치료를 받고 또 치료를 기다리고 있었다.

맹오는 반가운 마음에 한달음에 약사신개에게 달려가 전음을 보냈다.

[약사장로님! 제자 뇌웅 분타주의 제자인 맹오입니다!]

약사신개는 농창(膿瘡) 환자의 피고름을 열심히 짜고 있다가 맹오를 힐끗 보고는 다시 치료를 계속하면서 말했다.

"줄을 서라."

맹오는 움찔했다. 개방의 장로가 개방제자를 만났는데 줄을 서라고 할 리가 없다.

그래서 어쩌면 약사신개가 자신의 전음을 제대로 듣지 못했기 때문에 그러는 것일지도 모른다고 생각해서 더욱 바짝 다가갔다.

[약사장로님, 제자는 북경총타 뇌웅 분타주의 제자 맹오입니다. 제자를 알아보시겠습니까?]

"줄을 서라니까."

그러나 돌아온 대답은 똑같았다. 약사신개는 맹오의 말을 듣지 못한 것이 아니었다.

자신에게 볼일이 있으면 다른 환자들처럼 줄을 서라는 뜻이었다.

예전에도 약사장로는 환자들이 최우선이었다. 그런데 개

방이 몰살한 지금도 그는 여전히 변함이 없었다.

맹오는 어쩔 수 없이 줄의 맨 뒤에 군통과 함께 앉아서 차례를 기다렸다. 그러면서 약사신개를 살피며 그에 대해서 생각해 보았다.

맹오의 기억으로는 반년 전 개방이 현도왕가를 공격할 당시에 약사신개는 북경에 없었다.

그가 약재를 구하기 위해서 어딘가 명산으로 떠났다는 말을 들은 기억이 났다.

그 덕분에 약사신개는 무극신련의 살수를 피할 수 있었던 것 같았다. 어쨌든 맹오는 약사신개를 다시 만나니 천군만마를 얻은 듯한 기분이 들었다.

결국 맹오는 한 시진 반이나 기다려서야 약사신개를 만날 수 있었고, 그를 태무랑에게 데려오기 위해서는 한 시진을 더 기다려야만 했다.

그런데 나중에 약사신개의 말이 가관이었다.

"인석아, 무적신룡이 이곳에 있다는 얘기를 왜 지금에야 하는 것이냐?"

"약사장로님께는 환자가 우선이기 때문에……."

"이놈아! 무적신룡은 최최우선(最最優先)이다!"

맹오가 약사신개와 함께 태무랑이 누워 있는 움막 안으로 들어가자 군통은 밖에서 기다릴 수밖에 없었다.

움막이 너무 좁은 터라 그는 들어갈 수가 없기 때문이다. 그 대신 그는 밖에서 수하거지들과 함께 주위를 철통같이 지키며 기다렸다.

한차례의 분분한 인사가 끝난 후에 약사신개는 본격적으로 태무랑의 상태를 살펴보았다.

그런데 약사신개의 표정이 수시로 변했다. 그는 지금까지 수만 명의 환자들 신체를 봐왔지만 태무랑 같은 특이하고 괴이한 신체는 처음 본다.

뿐만 아니라 태무랑이 입은 상처 역시 약사신개를 경악하게 만들었다.

어떻게 이처럼 무지막지한 상처를 한두 개도 아닌 여러 개씩이나 당하고서도 지금까지 살아 있는 것인지 이해할 수 없다는 듯 한숨을 내쉬면서 연신 고개를 가로저었다.

그러나 진찰이 막바지에 이를 즈음에 그는 그 불가해한 신비를 이해하게 되었다.

"음. 이제 보니 태무랑 형제는 오행지체였군."

태무랑의 신체가 오행지체라는 사실을 알아낸 것이다.

"약사장로님, 어떻습니까? 치료하실 수 있습니까?"

조급함을 참지 못한 맹오가 조심스럽게 물었다.

그러나 약사신개는 맹오의 물음을 듣지 못한 듯 팔짱을 낀 채 눈을 감고는 상체를 이리저리 흔들면서 한참 동안이나 생각에 잠겼다.

　맹오는 초조했으나 감히 방해할 수가 없어서 입안이 바짝바짝 타면서 기다릴 수밖에 없었다.

　태무랑은 약사신개가 진찰을 시작할 때부터 눈을 감고 있었는데 지금도 뜨지 않고 있다.

　그래서 맹오는 혹여 그가 잘못된 것은 아닌지 그것도 걱정스러웠다.

　"음!"

　이윽고 약사신개가 눈을 뜨면서 팔짱을 풀었다. 그리고는 맹오를 쳐다보았다.

　"태무랑 형제를 치료하느냐 못하느냐는 너에게 달렸다."

　"……."

　난데없는 말에 맹오는 놀란 표정으로 눈만 껌뻑거렸다.

　약사신개의 얼굴이 심각해졌다. 맹오는 일찍이 그의 그린 얼굴을 본 적이 한 번도 없었다.

　"천원비정혈(天元秘精穴)을 찾아내야 한다."

　맹오는 어리둥절한 표정을 지었다.

　"그게… 무엇입니까?"

　"오행지기는 어디에서 비롯되느냐?"

"…음양(陰陽) 아닙니까?"

약사신개가 뜬금없이 불쑥 묻자 맹오는 어눌하게 자신없는 목소리로 대답했다.

"그럼 음양은 어디에서 비롯된 것이냐?"

맹오는 조금 전에 약사신개가 한 말에서 대답을 찾아냈다.

"천원… 입니까?"

"그렇다."

약사신개는 지금이 어느 때인지 잊은 듯 마치 스승이 제자를 가르치는 것처럼 설명했다.

"무릇 삼라만상은 오행으로 이루어졌으며, 오행을 낳은 것이 음양이다. 음양의 가장 큰 것은 하늘과 땅, 즉 천지(天地)인데, 천지가 둘로 나누어지기 전에는 하나였느니라. 그것이 바로 천원이다."

"네……."

"고서에는 천지간의 모든 천원이 응축되고 발원하는 곳, 즉 천원비정혈이 단 한 군데 있는데 천산(天山)의 어딘가에 있다고 했다."

맹오는 약사신개가 도대체 무엇 때문에 그런 말을 하는자 이해하지 못했다.

약사신개는 태무랑을 굽어보며 결론을 내렸다.

"태무랑 형제를 치료하려면 그곳에 가야만 한다."

"아……."

맹오는 그제야 깨닫고 나직한 탄성을 흘렸다.

문득 약사신개의 얼굴에 짙은 염려가 드리워졌다.

"태무랑 형제의 지금 상태로 봤을 때 반년을 넘기지 못할 것 같구나."

"반년이라면……."

"태무랑 형제가 여태껏 죽지 않은 이유는 체내에 오행지기가 있기 때문이다. 하지만 운공을 하지 않으면 오행지기가 점차 소멸되는데 반년 후면 완전히 바닥이 날 것이다."

"아……."

태무랑 체내의 오행지기가 바닥이 나면 그가 죽을 것이라는 뜻이다.

"약사장로님, 천산 어디가 천원비정혈입니까?"

"모른다."

그런데 뜻밖에도 약사신개가 고개를 가로젓자 맹오는 망연자실했다. 그는 한 번도 천산에 가본 적이 없지만, 천산이 하남성을 대여섯 개 합쳐놓은 것보다 더 넓다는 사실은 잘 알고 있다.

"천지가 맞닿은 곳에 천원비정혈이 있다고 한다. 그러니까 천산에서 만칠천 척 이상 되는 봉우리 꼭대기에 천원비정혈이 있을 것이다."

"그렇군요."

맹오의 얼굴이 비로소 밝아졌다.

"가겠느냐?"

"물론입니다."

약사신개의 물음에 맹오는 당연하다는 듯 크게 고개를 끄덕이며 힘차게 대답했다.

"소제도 가겠습니다."

밖에서 들린 것은 군통의 목소리였다.

*   *   *

동서로 장장 칠천여 리에 걸쳐서 길게 뻗어 있는 천산산맥(天山山脈)의 남쪽 비교적 낮은 구릉지역에는 띄엄띄엄 마을들이 이어져 있다.

그중에서 윤태(輪台)라는 곳에 태무랑 일행이 도착한 것은 제남을 떠난 지 두 달 보름만이다.

험준한 산을 수십 개도 더 넘었고, 몇 개의 급류를 만나 죽을 뻔한 고비도 여러 차례 겪었다. 그리고 태양이 작열하는 끝이 보이지 않는 사막을 세 개나 지나서 비로소 천산산맥의 남쪽 자락에 도착한 것이다.

처음 제남을 출발했을 때에는 군통이 호천일로파의 은자

를 탈탈 털어서 여비로 썼는데, 천 냥쯤 됐다.

중원에서는 은자 천 냥이 제법 큰돈이지만 여행을 하는 동안에는 주머니에 구멍이 뚫려서 새는 것처럼 은자가 쑥쑥 줄었다.

더구나 일체 운신을 하지 못하는 태무랑을 되도록 편안하게 운반하기 위해서 마차가 필요했는데, 말이 지치면 새 말로 교체를 하는 바람에 그것에 꽤 많은 은자가 들었다.

말이 그토록 빨리 지친다는 사실을 맹오는 처음 깨달았다. 하지만 말이 쉽게 지칠 수밖에 없었다. 촌각이 급한 터라서 언제나 최고 속도로, 그리고 거의 쉬지도 않고 채찍을 휘둘렀기 때문이다.

그런 상황이라면 준마가 아니라 천리마라고 해도 한나절 만에 지쳐 버렸을 것이다.

그 결과 제남을 떠난 지 한 달 보름 만에, 감숙성에 이르렀을 때 무일푼이 되고 말았다.

그래서 어쩔 수 없이 태무랑이 지니고 있는 구주옥패를 사용할 수밖에 없게 되었다.

그럴 경우에 예상할 수 있는 위험이 수십 가지이고, 예상하지 못하는 위험은 그보다 훨씬 더 많을 것이다.

하지만 돈이 없으면 그 자리에서 한 발자국도 움직일 수가 없는 처지다.

더구나 태무랑에겐 반년이라는 시한(時限)이 정해져 있다. 아니, 이미 한 달 보름이 지났으니 남은 것은 넉 달 보름뿐이다.

약사신개는 태무랑에게 남은 시일이 대략 반년이라고 말했지만, 꼭 반년이라고 정해진 것은 아니다.

요행히 그보다 더 오래 버티면 천만다행한 일이겠지만, 만약 반대의 경우에는 앞으로 남은 시일이 석 달일 수도 있고 두 달일 수도 있으며, 최악의 상황에는 오늘 당장일 수도 있는 것이다.

그렇기 때문에 구주옥패를 사용하지 않을 수가 없는 상황이 돼버렸다.

태무랑이 죽는 것보다 더 극한 상황은 없을 테니까 말이다. 그가 죽으면 모든 것이 끝이다.

맹오는 구주옥패를 갖고 구주전장의 감숙성 난주지부(蘭州支部)에 들어갔다가 하마터면 놀라서 까무러칠 뻔했다. 태무랑의 예치 금액이 은자로 자그마치 팔천만 냥에 육박한다는 사실을 알았기 때문이다.

어쨌든 그는 황급히 정신을 수습하고 은자 오만 냥을 찾아서 급히 난주지부를 나와 은자가 든 다섯 개의 상자를 마차에 싣고 출발했다.

태무랑의 구주옥패로 돈을 찾았으니까 어쩌면 무극신련의 추격이 있을지도 모른다고 염려한 것이다.

돈은 많아졌으나 감숙성을 떠나고부터는 길이 여태까지보다 백 배 이상 더 힘들어졌다.

그뿐만 아니라 제남에서 난주까지 칠천여 리를 오는 데 한달 보름이 걸렸는데, 그 절반도 못 되는 난주에서 이곳 윤태까지 삼천여 리를 오는 데는 한 달이나 걸렸다. 더구나 은자는 만 냥이나 썼다.

칠천 리를 오는 데 사용한 은자 천 냥의 열 배가 더 허비된 것이다.

"맙소사……."

윤태에 도착한 이후 맹오가 내지른 일성이다.

약사신개는 천산의 만칠천 척 높이의 산 정상에 천원비정혈이 있을 것이라고 말했었다.

그래서 맹오는 윤태에 도착하자마자 천산에 대해서 잘 아는 사람에게 천산에서 만칠천 척이 넘는 산이 어디냐고 물었더니 그의 대답이 이랬다.

"대략 삼십 개쯤 될 게요. 삼십 개가 어디어디에 있는지는 다 모르겠고… 아는 대로 말해주리다."

더구나 봉우리가 아니라 산이라고 했다. 산과 산 사이는 가까운 것이 오십여 리, 먼 것은 천여 리 이상이나 떨어져 있다고도 설명했다.

더구나 산 하나를 오르는데 짧게는 닷새고 길게는 보름 이상 걸린다고도 했다.

그렇다면 평균 열흘이 걸린다고 치면, 삼십 개 산에 모두 오르려면 열 달이 걸린다는 얘기다.

설마 이런 복병이 도사리고 있을 줄은 꿈에도 예상하지 못했던 맹오는 좌절하고 말았다.

"맹오."

어떻게 해야 할지 방법이 생각나지 않아서 넋을 놓고 앉아 있는 맹오를 태무랑이 조용히 불렀다.

태무랑은 요즘 들어서 자주 혼절을 한다. 하루 중에 깨어 있는 시간을 다 합쳐도 채 두 시진이 되지 않는다.

그 이유가 그의 수명이 다하고 있는 것이라고 생각하는 맹오는 초조하기 짝이 없다.

"말씀하십시오."

아까 태무랑은 맹오에게 천산에 대한 자세한 설명을 듣고 나서 혼절을 했었다.

충격 때문이 아니라 그저 잠을 자듯이 스르르 정신을 잃은 것이다. 그러니까 태무랑은 거기에 대해서 깊이 생각할 겨를이 없었다.

태무랑은 눈을 뜰 기력도 없는 듯 감은 채 작은 목소리로 중얼거렸다.

"그중에서 제일 높은 산이 어딘지 물어봐라."

그의 말인즉 삼십여 개의 산에 다 오를 수 없으니까 그중에서 제일 높은 산 한 곳에 오르자는 뜻이다.

하늘과 가장 가깝게 맞닿은 장소라면 틀림없이 천산에서도 가장 높은 산의 꼭대기일 것이다.

"알겠습니다!"

태무랑의 말을 듣고 비로소 생기를 찾은 맹오가 큰 소리로 대답하고 마차를 뛰쳐나갔다.

반 시진쯤 후에 돌아온 맹오의 표정은 다시 암울하게 굳어 있었다.

천산산맥에서 최고로 높은 산이 어느 것인지 정확하게 모른다고 다들 고개를 가로저었기 때문이다.

그래서 천산산맥에 대해서 잘 안다는 몇 사람을 만나본 결과 가장 높은 산이 세 개로 압축되었다.

등격리산(騰格里山)과 아극소산(阿克蘇山), 그리고 아랍산(阿拉山)이 그것들이다.

그중에서 등격리산과 아극소산은 윤태에서 서북쪽으로 팔백여 리 거리에 나란히 있는 반면에, 아랍산은 서쪽으로 산을 타고 이천여 리나 더 가야 한다고 했다.

등격리산과 아극소산과의 거리는 백여 리 정도라고 하니까 두 산이 있는 곳까지 가고 또 두 산을 오르는 것만으로 앞으로 남은 석 달 보름의 시일이 빠듯할 터이다.

그런데 아랍산까지는 이천여 리 산길을 가는 데에만 석 달 이상이 걸린다고 한다.

그렇다면 아랍산을 선택했을 경우에는 아랍산에는 도착하지도 못하고 태무랑이 죽을 가능성이 크다.

맹오는 결정을 내리지 못하고 혼절한 태무랑이 깨어나기만을 기다렸다.

하지만 태무랑은 그날 밤이 지나고 다음날 정오가 될 때까지도 깨어날 줄을 몰랐다.

맹오는 촌각이 급한 상황이기 때문에 그가 깨어날 때까지 하염없이 기다릴 수는 없다고 생각했다.

그래서 급한 대로 군통과 상의를 했다. 물론 맹오는 가까운 데다 두 개의 산이 근처에 있는 등격리산과 아극소산으로 가는 게 가능성이 높을 것이라고 마음속으로 이미 결정을 내린 상태다.

물에 빠진 사람이 지푸라기라도 잡는다는 심정으로 군통에게 상의한 이유는 어쩌면 맹오 자신의 결정에 그가 힘을 보태주기를 바랐는지도 몰랐다.

군통은 생각해 볼 것도 없다는 듯 등격리산과 아극소산을 선택했다.

*   *   *

아홉 달쯤 전에 남경 장강변의 하관포구(下關浦口) 근처에
주루 하나가 문을 열었다.

겉보기에 그저 평범한 주루다. 이층인데, 일층은 주루로 사
용하고 이층은 살림집으로 사용하고 있다.

이 주루를 운영하고 있는 사람은 세 명의 여자다. 주인여자
는 애꾸에 얼굴 반쪽이 완전히 짓이겨진 흉측한 몰골이기 때
문에 나이를 추측할 수가 없다. 그녀는 주인이기 때문에 계산
대를 맡고 있다.

주방에서 일을 하는 여자는 한쪽 무릎 아래부터 다리가 없
는 불구다.

그녀는 무릎에 의족을 끼고 주방에서 혼자 요리를 만드는
데 솜씨가 형편없다.

나이는 이십 대 후반 정도로 보이며 꽤 아름다운 용모를 지
녔으나 그것이 불구라는 것과 요리 솜씨가 형편없다는 사실
을 상쇄시켜 주지는 못했다.

마지막 여자 역시 불구인데 오른팔이 없다. 그녀는 세 여자
중에서 가장 어린 이십 대 초반이며 눈이 번쩍 뜨일 정도로

아름다운 미모를 소유했다. 하지만 그래 봤자 팔 하나가 없는 불구의 몸이다.

외팔이인 그녀는 주루 안에서 손님을 접대하고 요리를 나르는 일을 맡고 있다.

세 여자 중에서 그나마 그녀가 얼굴이 받쳐주고 활동이 자유롭기 때문이다.

그런데 처음 한 달 동안 이 주루는 손님이 거의 없었다. 새로 생긴 주루라서 호기심에 손님들이 들어오기는 했으나, 입구의 계산대에 떡하니 버티고 있는 주인여자의 흉측한 몰골을 보고는 열에 아홉은 오만상을 쓰면서 그대로 나가 버리기 일쑤였다.

그래도 용기를 내서 주루에 들어와 자리를 잡고 앉은 손님들도 가뭄에 콩 나듯 더러 있었지만, 형편없는 요리를 맛보고는 뒤도 돌아보지 않고 나가 버렸다.

그래서 주루의 세 여자는 고심 끝에 자구책을 마련했다. 우선 주루에 들어서자마자 마주치게 되는 흉측한 모습의 주인여자가 주방으로 자리를 옮겼다.

그 대신 주방 일을 하던 의족여자가 계산대로 자리를 옮겼다. 그리고 외팔녀는 예전처럼 계속 주루 안의 접대를 담당했다.

하지만 그것으로 문제가 해결된 것이 아니다. 주방으로 들어간 주인여자는 아예 요리 자체를 만들 줄 몰랐다. 그녀는 평생 요리를 만들어본 적이 한 번도 없었다.

그래서 계산대를 맡게 된 의족여자가 며칠 동안 열성적으로 가르쳐서 주인여자는 얼추 요리 비슷한 것을 만들어낼 수 있게 되었다.

하지만 최악의 사건이 터졌다. 주인여자가 만든 요리는 아예 요리라고 부를 수도 없는 수준이었던 것이다. 세 여자들이 먹기 바쁘게 뱉어낼 정도의 요리를 손님들 앞에 내놓을 수는 없었다.

그래서 궁여지책으로 내놓은 방법이 주루를 열어놓은 개점휴업 상태에서 주인여자가 남경에서 제일 맛있는 주루의 주방에서 보름 동안 수업을 받는 것이었다.

그 대가로 세 여자에게는 정말 피 같은 금액인 은자 삼십 냥을 내주었다.

그래도 불행 중 천만다행인 것은, 주인여자의 요리를 배우겠다는 의지가 대단하나는 것과 천부적인 눈썰미를 지녔다는 사실이었다.

요리를 배우고 자신의 주루로 돌아온 주인여자가 처음으로 만든 요리는, 두부와 잘게 간 돼지고기를 여러 양념을 넣고 볶은 마파두부(麻婆豆腐)인데 그 맛을 본 의족여자와 외팔녀는 너무 감격해서 펑펑 눈물을 흘리고 말았다.

믿을 수 없게도 주인여자는 보름 동안 수업을 받은 남경에서 가장 맛있는 주루의 요리 거의 전부를 똑같이 만들어낼 수 있게 되었다. 뿐만 아니라 요리의 때깔이나 맛 또한 일품이었다.

그녀는 남경에서 가장 맛있는 주루의 주방장이 건성으로 대강대강 가르쳐 준 것을 완벽하게 자신의 것으로 만들어 버린 것이다.

그때부터 세 여자의 주루는 요리 맛이 좋다고 알음알음 입소문을 타더니 두어 달째부터는 주루 내에 여덟 개 뿐인 탁자가 하루 종일 꽉꽉 차서 주루 입구 밖에서 기다리는 손님들이 긴 줄을 이룰 정도가 되었다.

그런데 이 주루의 이름이 좀 특이했다. '낭랑루(郎郎樓)'인 것이다.

여자 셋이 운영하는 주루 이름에 사내 랑(郎) 자가 두 개나 들어갔으니, 어찌 보면 사내에 환장한 여자들이 뼈에 사무쳐서 지은 이름 같았다.

손님들이 주루 이름에 대해서 캐물었으나 세 여자는 그것에 대해서는 끝내 입을 다물었다.

하지만 손님들끼리는 이 주루를 '낭랑루'라고 부르지 않았다. 세 명의 불구의 여자가 운영한다고 해서 '삼불루(三不樓)'라고 불렀다.

또 하나 특이한 점은, 낭랑루는 저녁 술시(8시)만 되면 어김없이 영업을 끝냈다.

그 시간이면 한창 장사가 잘될 때인데 주루 안에 있는 손님들까지 모두 쫓아내고 문을 닫아걸었다.

세 여자가 어딜 가려는 것도 아니다. 주루 문을 닫고는 세 여자는 주루 안에 들어앉아서 꼼짝도 하지 않았다.

사람들이 이상해서 닫힌 주루 문에 귀를 대고 안의 동향을 살피면 아무 소리도 들리지 않았다.

그러나 가끔씩 술잔이나 그릇이 부딪치는 달그락거리는 소리가 들리는 것으로 미루어 세 여자가 술을 마시는 것이 아닐까 하고 막연하게 짐작만 할 뿐이다.

오늘도 낭랑루는 정확하게 술시에 주루 문을 닫고 영업을 마감했다.

잠시 후에 주루 일층에는 불이 꺼지고 살림을 하는 이층에 불이 켜졌다.

이층에는 네 개의 방과 목욕실이 있다. 지금 세 여자는 주인여자의 방에 모두 모여 있다.

달그락.

말소리는 일체 들리지 않고 뭔가 부딪치는 작은 소리만 간간히 들릴 뿐이다.

세 여자는 창문도 굳게 닫은 채 한쪽 구석에 놓여 있는 탁자에 둘러앉아서 술을 마시는 중이다.

그녀들은 술시에 영업을 마치고 뭔가 중요한 일을 하는 것이 아니었다.

순전히 술을 마시기 위함이었다. 그녀들에게는 밤에 술을 마시는 것보다 더 중요한 일은 없다. 그녀들은 술시 이후에 술을 마시기 위해서 주루를 영업하고 있다고 해도 지나친 말이 아니다.

탁자에는 안주를 위한 요리도 없으며, 그저 큼직한 술 단지가 하나 놓여 있을 뿐이다.

세 여자의 손에는 술잔이 아닌 주발(周鉢:밥그릇)이 하나씩 쥐어져 있다.

그녀들은 아무 말도 하지 않고 다만 부지런히 술 단지에서 술을 퍼서 입으로 가져가 꿀꺽꿀꺽 들이붓듯이 마시는 동작에 열중하고 있었다.

처음에는 안주를 갖다놓았는데 아무도 손을 대지 않으니까 언제부턴가 안주는 제쳐두고 술만 갖다놓게 되었다.

세 여자는 술에 무슨 포한이 맺혔는지 결사적으로 술을 마셔댔다.

영업할 때에도 세 여자는 일체 웃지 않는 모습인데, 영업이 끝난 지금은 모두 비슷한 표정을 짓고 있었다.

주인여자는 그렇지 않아도 흉측한 얼굴을 잔뜩 찌푸린 채 분노한 표정으로 맞은편 벽을 쏘아보다가는 갑자기 벌컥벌컥 들이붓듯이 술을 마셨다.

그러는가 하면 그다음에는 갑자기 한숨을 푹푹 내쉬면서 세상의 슬픔을 혼자 다 안고 있는 것처럼 더없이 슬픈 표정을 지었다.

의족여자는 처연한 모습으로 주인여자를 바라보든가 벽을 바라보면서 술을 마시고, 외팔녀는 소리없이 눈물을 흘리면서 멍하니 허공을 바라보다가 생각나면 술을 마시기를 반복하고 있었다.

세 여자는 영업을 하는 시간에도 거의 말을 하지 않는다. 의족여자는 손님에게 음식 값이 얼마라고 말하는 정도고, 외팔이여자는 손님에게 주문을 받아 그것을 주방의 주인여자에게 전하는 것이 전부다.

드극.

주인여자가 술을 푸려고 주발을 술 단지에 넣자 밑바닥이 긁히는 소리가 났다. 술이 떨어졌다.

그러자 외팔녀가 빈 술 단지를 하나뿐인 왼팔로 안고 방을 나갔다가 이내 돌아왔다.

그녀는 술이 흘러넘치도록 가득 담긴 술 단지를 하나뿐인 팔로 능숙하게 탁자에 내려놓고는 자리에 앉아 다시 술 마시는 일을 계속했다.

그렇게 세 여자는 밤이 이슥하도록 한마디 말도 하지 않고 술만 마셔댔다.

  주인여자의 손은 매우 희고 가늘며 길어서 아름다웠다. 하지만 조금만 자세히 들여다보면 그녀의 손이 매우 거칠고 또 다섯 손가락 모두 껍질이 벗겨지는 등 물에 퉁퉁 부은 모습을 볼 수가 있다.

  주방에서 거친 일을 하면서 하루 종일 두 손에서 물이 마르지 않기 때문에 습진이 걸린 것이다.

  세 단지째의 술 단지를 다 비우고 외팔녀가 술을 가져오기 위해서 일어섰을 때다.

  주인여자의 손에서 주발이 툭 떨어졌다.

  툭. 쨍!

  놋쇠로 만들어진 주발은 탁자에 한 번 퉁기고 바닥에 떨어졌다가 요란한 소리를 내며 저쪽으로 굴러갔다.

  "흑!"

  갑자기 주인여자가 이상한 소리를 냈다.

  빈 술 단지를 들고 일어섰던 외팔녀도, 빈 주발을 만지작거리며 생각에 잠겼던 의족여자도 움찔하면서 동시에 주인여자를 쳐다보았다.

  "으흐흑!"

  급기야 주인여자는 탁자에 엎드려 어깨를 들먹이면서 서

러운 울음을 터뜨렸다.

두 여자는 착잡한 표정으로 주인여자를 바라보면서 그녀가 울음을 그치기를 기다렸다. 두 여자는 주인여자가 우는 모습을 처음 보았다.

그러나 주인여자는 울음을 그치지 않았다. 아니, 시간이 지날수록 울음이 더욱 격렬해졌다.

하지만 우는 소리를 크게 내지는 않았다. 다만 몸의 떨림과 헐떡이는 숨소리로 그녀의 울음이 쉬이 그칠 것 같지 않음을 짐작할 수 있었다.

의족여자와 외팔녀는 주인여자의 울음을 말리지 않았고 또 위로하지도 않았다.

이 장사를 시작한 이후 주인여자는 아홉 달 동안 한 번도 울지 않았었다.

슬픔이 사라진 것이 아니라 결사적으로 인내했었던 것이다. 그러다가 아홉 달 만에야 드디어 참고 참았던 울음이 터져 버렸다.

두 여자는 주인여자의 울음이 말려서 그칠 수 없다는 것과 무슨 말로도 위로할 수 없다는 사실을 잘 알고 있다. 그녀들도 같은 슬픔을 지니고 있으나, 주인여자의 슬픔에 비하면 아무것도 아니다.

그런데 사실 어느 순간부터 두 여자의 눈에도 그렁그렁 눈물이 고이고 있었다.

"태궁주⋯⋯."

한참 만에 의족여자가 손을 뻗어 주인여자의 등을 천천히 쓰다듬었다.

그러나 그것은 위로가 아니다. 슬픔과 절망의 공유다. 함께 슬퍼하고 또한 슬픔을 나누는 것이다.

그런데 방금 의족여자는 주인여자를 '태궁주'라고 불렀다.

'궁주'도 아닌 '태궁주'라고 불리는 사람, 그것도 여자는 천하에 단 한 명뿐이었다.

그렇다. 지금 몸부림치면서 흐느껴 울고 있는 여자는 열 달 전까지만 해도 천하에서 가장 거대한 조직인 철화궁과 철화천궁의 태궁주라는 신분이었다.

그 당시 그녀의 철화빙선이라는 아호는 나는 새도 떨어뜨릴 정도의 위세였으며 수십만, 아니, 수백만 명이 그녀 앞에 머리를 조아릴 정도였었다.

그러나 그녀는 지금 모든 것을 잃고 얼굴이 흉측하게 변한 채 남경 하관포구에서 주루를 하고 있다.

아니, 하루 종일 주방에서 요리를 만들고 설거지를 하는 처량한 신세로 전락했다. 천상에서 땅바닥, 아니, 진창으로 곤두박질친 것이다.

그녀 철화빙선 벽교상은 모든 것을 잃었다. 뭐라고 구구하게 설명하는 것보다는 말 그대로 모든 것을 깡그리 잃어버렸다는 표현이 적절하다.

재산도, 지위도, 수하들도, 모친과 조모도, 그리고 절대적인 아름다움마저 깡그리 잃어버렸다.

그녀는 열 달 전 현도왕가에서 화명군의 일장에 적중당해서 얼굴이 이 지경으로 변했다.

그뿐 아니라 엄중한 내상을 입고 죽음의 문턱에서 간신히 살아났으나 무공을 잃고 말았다.

이후 황제에 등극한 화명군은 막강한 황권을 발동하여 철화궁과 철화천궁을 짓밟고 갈가리 찢어발겼다.

철화궁의 어마어마한 재산을 마지막 구리돈 한 닢까지 모조리 황궁으로 귀속시켰으며, 철화천궁의 고수들은 최하위 한 명까지도 끝까지 추적하여 깡그리 주살했다. 그리고 철화궁을 해체했으며, 철화궁이 운영하던 모든 점포와 사업들 역시 황궁으로 귀속시켰다.

벽교상은 그야말로 자신이 갖고 있던 전부를 졸지에 강탈당한 것이다.

그나마 의족 신세가 된 봉화일선과 한쪽 팔을 잃어 외팔이가 된 청미가 살아남아 벽교상 곁에 함께 있다는 것이 유일한 위로였다.

벽교상이 갑자기 설움이 북받쳐서 울음을 터뜨린 이유는

지금 자신이 처해 있는 신세가 너무 처량해서도, 절망을 느껴서도 아니다.

그녀는 아무리 짓밟히고 최악의 구렁텅이에 빠져도 절대로 눈물 한 방울 흘리지 않을 철의 여인이다.

그런 그녀를 이토록 오열하게 만드는 것이 단 한 가지 있다. 바로 그녀가 목숨을 바쳐서 죽도록 사랑했었던 정인(情人) 태무랑이다.

태무랑은 세상 사람들이 모두 죽었다고 입을 모으고 있다. 그 당시 현도왕가에서 태무랑이 화명군에게 일장을 당해서 담장 밖으로 날아가는 것을 본 벽교상도 그가 결코 살지 못했을 것이라고 생각했었다.

그러나 태무랑의 시체를 목격했다는 사람이 단 한 명도 없다는 사실이 그녀에게 최소한의 희망을 품게 하였다.

'낭랑은 불사신이야.'

태무랑이 얼마나 끈질긴 생명력을 지니고 있는지 잘 알고 있는 그녀는 그때부터 그 최소한의 희망의 불씨를 가슴에 품고서 지금까지 억척스럽게 주방 일을 하면서 허덕허덕 살아오고 있는 것이다.

언젠가는 태무랑을 다시 만날 수 있다는 희망만이 지금의 그녀를 지탱해 주고 있다.

그런데 오늘 밤에는 그가 너무도 보고 싶었다. 치밀어 오르는 그리움을 견딜 수가 없었다. 눈을 뜨나 감으나 그의 헌앙한 모습이 눈앞에 어른거렸고, 그의 온화한 미소와 따스한 손길이 뼛속에 사무쳤다.

열 달이 지나도록 나타나지 않는 그를 계속 기다려야 하는 것인지 자꾸만 가슴속 희망의 불씨가 꺼지려고만 하는 것이 안타깝기만 했다.

그녀가 구태여 남경에서 주루를 개업한 데에는 그만한 이유가 있다. 태무랑이 살아 있다면 반드시 남경으로 올 것이기 때문이다.

남경은 그의 아내나 다름없는 수월화와 연인인 벽교상의 추억이 흠씬 배어 있는 곳이다.

비록 이곳에 수월화는 없지만, 태무랑이 꼭 찾아올 것이라고 믿고 벽교상은 매일 허름한 주방에서 웅크린 채 요리를 만들고 설거지를 하고 있는 것이다.

"으흐흑… 낭랑……."

벽교상은 처절한 외로움과 그리움에 몸부림을 치면서 흐느껴 울었다.

그녀의 구슬픈 흐느낌은 다음날 새벽까지 이어졌다.

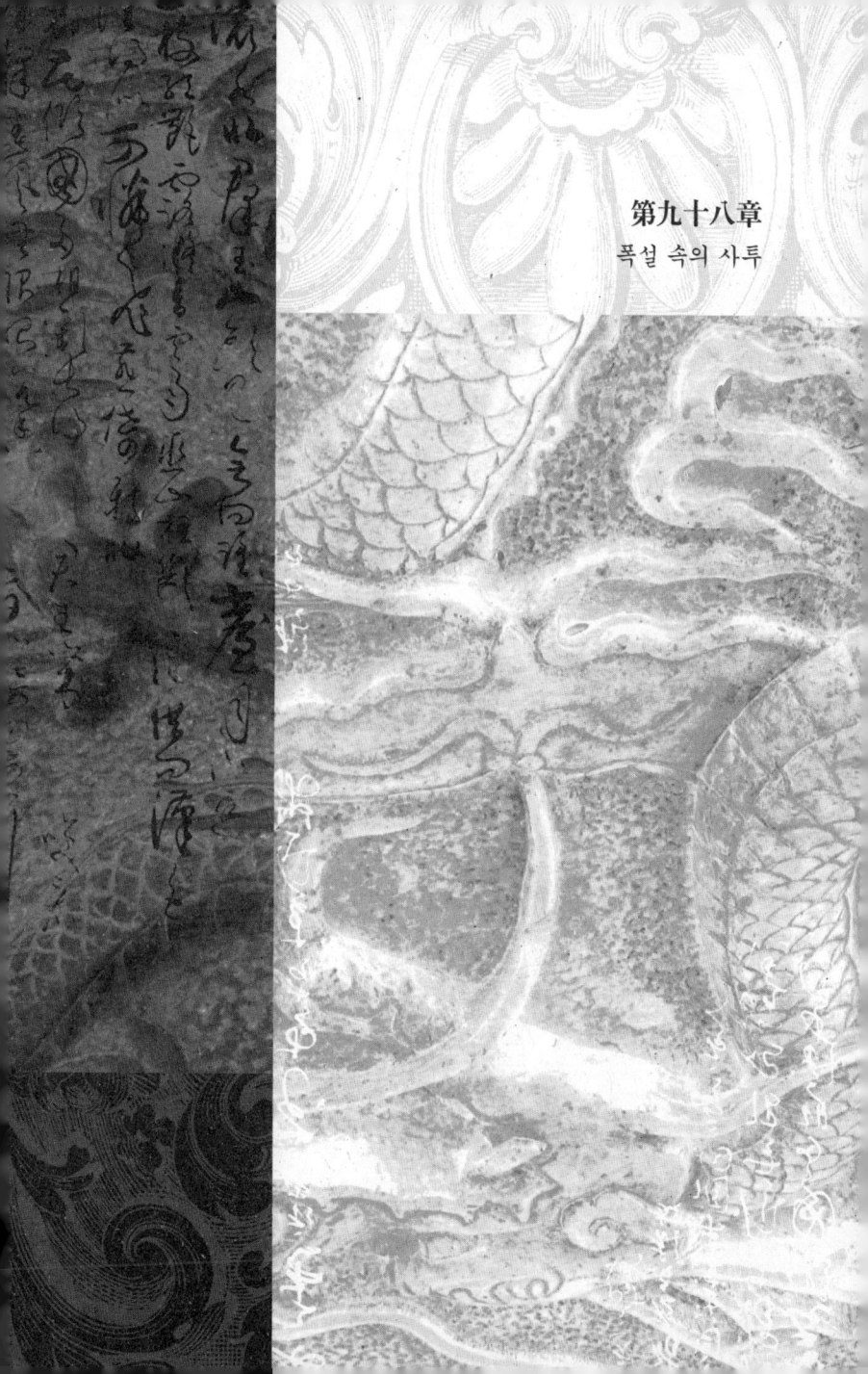

第九十八章

폭설 속의 사투

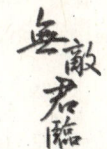

휘이잉—

천산산맥 산중에 거센 눈보라가 휘몰아치고 있다.

그 눈보라를 뚫고 세 마리 모우(牦牛:야크)가 일렬로 높고 긴 산등성이를 느릿하게 가고 있다.

선두와 후미의 모우에는 각기 한 사람씩 타고 있으며, 가운데 모우는 뭔가를 끌고 있다.

모우는 오직 천산산맥에서만 살며 더러는 유목민들의 손에 길들여져서 그들에게 고기와 젖, 모피, 연료 등 매우 귀중한 것들을 제공하는 존재다.

또한 모우는 털이 수북하고 길어서 강추위에도 끄떡없이 견디며, 만오천 척 이상 고원지대에서 서식하는 터라 천산산맥에서는 모우를 산중의 배(山中之舟)라고도 부른다.

　선두와 후미의 모우에는 맹오와 군통이 타고 있다. 두 사람은 모우 가죽으로 만든 두툼한 모피 옷을 입고 눈만 빼꼼하게 내놓은 모우 털모자를 쓰고 있으며, 무릎까지 올라오는 목이 긴 털신을 신었다. 바람 한 점 들어가지 않을 정도로 완전히 방비한 모습이다.

　가운데 모우가 끌고 있는 것은 하나의 긴 썰매다. 썰매에는 움막이 쳐져 있으며 그 안에는 모우가죽과 털옷을 입고 털 이불을 덮은 태무랑이 누워 있다.

　태무랑은 이미 보름째 혼수상태에 빠져 있다. 극히 미약하게 맥이 뛰고 있을 뿐 먹지도 못하고 배설도 하지 않는 상태가 계속되고 있다.

　이들 일행이 천산산맥 남쪽 자락의 윤태를 떠난 지 오늘로써 석 달째다.

　윤태에서 아극소산까지의 거리는 팔백여 리였고, 이들은 두 달이 조금 넘게 걸려서 아극소산 아래에 도착했었다. 한 달 정도로 예상했었는데 두 배인 두 달 이상이나 걸렸다. 천산산맥을 과소평가했기 때문이다.

　험준한 산중에서 더구나 눈보라 속에서는 하루에 십여 리 남짓 가는 것이 고작이었다.

맹오는 모우에 태무랑을 싣고서 밧줄로 단단히 묶은 후에 모우의 고삐를 움켜잡고 아극소산에 도전했었다.

더 이상 모우로도 오르지 못하는 절벽 앞에 이르자 맹오는 태무랑을 둘러업고 밧줄로 둘을 묶은 후에 결사적으로 아극소산 정상까지 오르는 데 성공했다.

하지만 그곳에는 그토록 열망했던 천원비정혈은커녕 그 비슷한 것조차도 없었다.

무너지는 가슴을 부여안고 다시 몇 차례나 위험한 고비를 넘으면서 하산했다.

군통이 기다리는 곳까지 간신히 도착했을 때에는 다시 열흘을 허비한 후였다.

그리고는 아극소산 아래에서 하루를 쉰 후에 백여 리 떨어져 있는 등격리산을 향해 출발하여 보름째 강행군을 하는 중이다.

이들에게 지도 따위가 있을 리 없다. 천산산맥을 그려놓은 지도 따윈 애당초 존재하지도 않았다.

단지 아극소산에서 북북동(北北東) 방향 백여 리 거리에 등격리산이 있다는 사실 하나만 갖고 무작정 북북동 방향으로 가고 있는 것이다.

제남을 떠날 때는 유월 초여름이었는데 지금은 시월 말 늦

가을이 됐다.

하지만 천산산맥은 구월부터 겨울이다. 맹오에게 모우와 식량 따위를 후한 값에 판 유목민은 일 년 중에 이백 일 동안 눈보라가 휘몰아친다면서 내년 봄에 출발하라고 말렸지만 맹오는 길을 떠났었다.

휘이이잉!

정말 지독한, 아니, 소름끼치도록 무서운 눈보라다. 너무도 세차게 몰아쳐서 눈을 뜰 수도 없으며 숨을 쉬는 것조차 어려운 지경이다.

더구나 눈보라는 북쪽에서 남쪽으로 불고 있다. 북풍한설(北風寒雪)이란 말은 그래서 나온 듯했다.

북진하고 있는 일행의 정면에서 눈보라가 휘몰아치고 있는 것이다.

그것은 마치 하늘 끝까지 솟아 있는 설벽(雪壁)을 마주하고 있는 듯했다.

아니, 설벽이면 가만히 있기나 하지만 이것은 눈보라가 거세게 휘몰아치고 있다.

눈발이 자칫 뺨에라도 맞으면 얼굴 반쪽이 떨어져 나가는 것 같았고, 눈꺼풀 위라도 맞으면 눈알이 빠져 버리는 것처럼 고통스러웠다.

눈보라 때문에 잔뜩 숙이고 있던 맹오는 힘겹게 고개를 들고 모우 가죽으로 만든 장갑을 낀 손을 펴서 눈 위에 얹어 눈보라를 막으면서 앞쪽을 쳐다보았다.

얼마나 왔는지, 어디로 가면 되는지를 알아보려는 것이 아니라 앞으로 전진하고 있는 것인지 아니면 제자리걸음을 하고 있는지 확인하려는 것이다.

그런데 어찌 된 일인지 앞으로 가는 것인지 제자리걸음을 하는 것인지 확인을 할 수가 없다.

계속 규칙적으로 움직이고 있는 모우의 발을 보면 전진하고 있는 것이 분명하다.

그런데 모우의 앞쪽 바닥을 보면 한 치도 전진하지 못하고 제자리걸음을 하는 것처럼 보였다.

앞을 보고 뒤로 봐도 모든 게 똑같은 광경뿐이다. 도대체 이정표로 삼을 풍경이라곤 없다.

앞이나 옆, 아니, 뒤쪽이라도 무언가 있으면 그것을 기준으로 가까워지고 있는 것인지, 멀어지고 있는 것인지를 알 수 있으련만 보이는 모든 풍경이 오로지 눈, 눈뿐이라서 어느 것도 기준으로 삼을 수가 없다.

그렇다고 눈보라가 그치기를 기다릴 수도 없다. 엿새인가 닷새 전에 갑자기 눈보라가 멈추었을 때, 이제는 눈보라가 그쳤나 보다 여기고 기뻐했었는데 반나절쯤 지난 후에 다시 눈보라가 몰아치기 시작했었다.

그러므로 눈보라가 잠잠해지기를 기다린다는 것은 등격리산으로 가는 것을, 아니, 태무랑을 포기하는 것이나 다름없는 일이다.

그때 맹오는 뒤에서 눈보라가 아닌 이상한 소리가 들리는 것을 느끼고 급히 뒤돌아보았다. 혹시 태무랑에게 무슨 일이 생긴 것은 아닌지 더럭 겁부터 났다. 그의 관심사는 오로지 태무랑뿐이다.

하지만 다행히 태무랑에게는 아무 일도 없었다. 그런데 그 뒤에 따라오고 있어야 할 군통과 그가 탄 모우가 온데간데없이 보이지 않았다.

쿠우.

그때 그가 뒤돌아보고 있는 눈앞에서 태무랑이 탄 썰매가 갑자기 홱 반회전하면서 허공으로 내동댕이쳐지며 눈보라 속으로 사라졌다.

"앗!"

그런데 그게 끝이 아니다. 이번에는 태무랑의 썰매를 끌던 모우의 육중한 몸이 썰매가 날아간 방향으로 기우뚱 쓰러지고 있었다.

그쪽 방향에서 뭔가 강력한 힘이 순간적으로 거칠게 낚아채는 듯한 광경이었다.

'대… 체 무슨 일이……'

그는 속으로 아연실색해서 중얼거리다가 번쩍 한 가지 사실이 떠올랐다.

'이런……'

만일을 위해서 세 마리의 모우를 밧줄로 연결해 두었다는 생각이 떠오른 것이다.

그렇다면 후미의 군통이 탄 모우가 언덕 아래로 굴러 떨어진 것이 분명했다.

그렇기 때문에 태무랑이 탄 썰매가 날아간 것이고, 두 번째 모우가 쓰러지려 하고 있는 것이다.

두 번째 모우가 언덕 아래로 구르면 그다음은 맹오의 모우 차례다. 그러면 끝장이다.

깊이를 알 수 없는 언덕 아래로 미끄러져 내리면 셋 다 무사하지 못할 것이다.

더구나 생사기로를 헤매고 있는 태무랑으로서는 위험천만한 상황이다. 아니, 그는 당연히 죽음을 맞이할 터이다.

휘익!

순간 맹오는 앞뒤 생각할 겨를도 없이 신형을 날려 쓰러지고 있는 두 번째 모우를 향해 쏘아갔다.

모우의 네발이 모두 허공에 떠 있고 몸이 완전히 언덕 쪽으로 기울어져 있는 것이 보였다.

두 마리 모우로는 한 마리를 지탱할 수 있지만, 한 마리로는 두 마리를 지탱하지 못한다. 모두 언덕 아래로 휩쓸려 떨어지고 말 것이다.

콱!

맹오는 아래로 내리꽂히면서 두 번째 모우의 뒤쪽으로 연결된 밧줄을 움켜잡는 것과 동시에 언덕 반대편으로 몸을 날리며 전력으로 잡아당겼다.

우워어—!

밧줄 때문에 목이 조인 두 번째 모우가 구슬프게 울면서 쓰러지던 육중한 몸뚱이가 멈칫했다.

쿵! 그가각!

바닥에 내려선 맹오의 몸이 맹렬하게 끌려가기 시작했다.

"으아아아—!"

그는 두 손으로 밧줄을 움켜잡고 상체를 뒤로 한껏 젖히면서 죽을힘을 다해 잡아당겼다.

두 팔이 부러질 것 같고 어깨가 빠지는 듯했으나 무슨 일이 있어도 버텨야만 한다.

결국 언덕 아래로 떨어진 후미의 모우 한 마리는 잃어버렸다. 하지만 태무랑이 탄 썰매와 군통은 구사일생으로 밧줄에 매달려서 끌려 올라왔다.

"으으으……."

저승 문턱까지 갔다 온 군통은 눈 바닥에 주저앉으며 사색이 되어 몸을 떨어댔다.

하지만 맹오는 군통을 쳐다볼 겨를이 없다. 그는 움막이 날아가고 절반쯤 박살 난 썰매에 묶여 있는 태무랑부터 살펴보았다.

태무랑은 보이지 않았다. 모피 이불에 둘둘 말려서 안에 꽁꽁 묶여 있기 때문이다.

맹오가 미친 듯이 밧줄을 풀고 이불을 걷어내자 제남에 있을 때보다 훨씬 더 깡마른 모습의 태무랑이 창백한 얼굴을 드러냈다.

맹오는 다급히 장갑을 벗어 던지고 손가락을 태무랑의 목에 갖다 대며 숨을 멈췄다.

잠시 후에 맹오의 눈에 안도의 기색이 떠올랐다. 희미하지만 태무랑의 맥은 뛰고 있었다.

맹오의 뒤에 군통이 쓰러져서 헐떡거리며 흐느끼듯이 중얼거렸다.

"으으… 죄송합니다… 오대가… 깜빡 졸았습니다……."

"네놈은……."

맹오는 와락 인상을 쓰며 군통을 돌아보다가 어떤 것에 생각이 미쳐 얼굴이 풀어졌다.

모우를 판 유목민은 먼 길을 가는 모우끼리 서로 묶어놓으면 뒤따르는 모우가 절대 다른 곳으로 가지 않고 앞의 모우를 따를 것이라고 말했었다.

그리고 적어도 하루에 한 번은 모우가 충분히 휴식을 취하도록 해주고, 또 늦어도 닷새에 한 번은 풀을 뜯게 해줘야 한다고 덧붙였었다.

그런데 맹오는 세 마리 모우에게 하루에 한 번 휴식이 아니라 사나흘에 한 번 정도 휴식을 취하게 해주었고, 열흘이나 보름에 한 번씩 풀을 뜯게 해주었었다. 마음이 급하다 보니까 모우에게 신경 쓸 겨를이 없는데다 쉴 틈 없이 강행군을 했기 때문이다.

천산산맥에서는 사람과 모우가 공존(共存)을 해야 한다. 사람을 위해서만 모우를 희생시켜서는 안 되고, 반대로 모우 때문에 사람이 지나치게 피해를 입어서도 안 된다. 그런데 맹오는 그걸 깨닫지 못하고 모우들을 혹사시켰다. 언젠가 이런 일이 벌어질지 모른다는 불안한 마음을 항상 품고 있었으나 이렇게 갑자기 벌어질지는 몰랐다. 그 바람에 뼈아픈 대가를 치렀다.

군통은 자신이 깜빡 졸았기 때문에 모우가 발을 헛디뎌서 언덕 아래로 굴러 떨어졌을 것이라고 자책하며 용서를 빌고 있지만, 사실은 모우가 한계에 도달해서 더 이상 버티지 못하고 쓰러지다가 언덕 아래로 굴러 떨어진 것일 게다.

그렇다면 지금 남아 있는 두 마리 모우도 언제 죽을지 모르는 일이다.

모우를 잃게 되면 세 사람은 어딘지도 모르는 천산산맥 한복판에서 길을 잃고 헤매다가 얼어 죽거나 굶어서 죽기 십상이다.

고오오—

눈보라는 더욱 거세져서 아예 일 장 앞이 보이지 않을 정도이며 서 있을 수도 없는 상황이다. 그러므로 앞으로 전진한다는 것은 불가능한 일이다.

'급할수록 돌아가라.'

맹오는 속으로 중얼거리면서 잠시 휴식을 취해야겠다고 생각했다.

지금 상황에서 계속 강행군을 고집하는 것은 최악의 상황을 초래할 수도 있다. 아니, 그럴 가능성이 높다.

그런데 아무리 주위를 둘러봐도 휴식을 취할 마땅한 장소가 보이지 않는다.

지금 그들이 있는 곳은 고도 만 척 정도의 긴 언덕길 한가운데다.

나무 한 그루 풀 한 포기도 보이지 않았다. 아니, 있다고 해도 천지간이 온통 눈에 덮여서 보일 리가 만무하다.

이런 곳에 쉴 만한 장소가 있을 리 없다. 이 자리에서 눈보라를 고스란히 맞으면서 휴식하는 것은 휴식이 아니라 또 다른 고통이다.

그보다는 차라리 움직여서 열을 내는 쪽이 얼어 죽는 것을 예방할 수 있을 것이다. 결국 휴식을 취하는 것도 쉽지 않게 되었다.

툭툭툭.

맹오가 어떻게 해야 할 줄을 모르고 전전긍긍하고 하고 있을 때 갑자기 무슨 소리가 들렸다.

움찔 놀라서 쳐다보니 두 마리 모우 중에 맹오가 탔던 모우가 내리막 언덕 반대편 또 하나의 높은 언덕 아래쪽을 앞발로 차듯이 파내고 있었다.

그러는가 싶더니 모우는 머리의 뿔로 언덕을 밀듯이 받으면서 앞발로 더욱 세차게 찼다. 그러자 또 다른 모우도 그곳으로 다가가 가세했다.

그것을 보고 맹오는 뭔가를 감지했다. 동물들에게는 인간이 알지 못하는 본능이라는 것이 있다.

특히 이런 열악한 환경에서 서식하는 모우에게는 그런 본능이 더 강할 터이다.

필경 저 두 마리 모우는 자신들이 필요로 하고 있는 뭔가를 본능으로 감지하고 저런 행동을 하고 있을 터이다. 모우에게 필요한 것이라면 인간에게도 필요한 것일 게다, 라고 판단한 맹오는 즉시 그곳으로 달려갔다.

이어서 호신용으로 지니고 온 어깨의 도를 뽑아 휘두르면서 두 마리 모우가 들이받고 있는 언덕에 수북이 쌓인 눈을 마구 뚫으면서 치웠다.

일어나 앉은 군통은 눈을 껌뻑거리면서 그 광경을 멀건이 쳐다보았다. 그는 드디어 맹오가 미친 것인가 하는 표정을 짓고 있었다.

파파곽! 파박!

그러나 맹오가 일각 이상 도를 휘둘러 언덕 안으로 일 장 반이나 파고들어 갔지만 특이한 것은 나타나지 않았다. 파내도 파내도 계속 눈만 나올 뿐이다.

결국 실망하여 멈추고 물러나니까 갑자기 모우 두 마리가 파낸 안쪽으로 저돌적으로 몰려 들어가더니 그대로 머리로 들이받아 버렸다.

쿵! 우르르!

갑자기 위에서 눈덩이가 쏟아지자 맹오는 눈사태인 줄 알고 놀라서 다급히 뒤로 물러났다. 그런데도 그는 쏟아지는 눈에 파묻히고 말았다.

"오대가!"

군통이 기겁해서 달려와 미친 듯이 눈을 치우는데 맹오가 벌떡 일어섰다.

그러고 나서 쳐다보니 두 마리 모우가 온데간데없이 사라져 버렸다.

그리고 방금 전까지 맹오가 파내던 곳이 안쪽으로 뻥 뚫려 있었다.

물론 바닥에는 위에서 쏟아져 내린 눈이 서너 자 높이로 수북이 쌓여 있었다.

아마도 두 마리 모우는 뻥 뚫린 안쪽으로 사라진 모양이다. 그런데 모우들이 안쪽으로 들어갔다는 것은 그곳에 뭔가 다른 공간이 있다는 뜻이다.

그리고 그곳에 모우들이 원하는 그 무언가가 있다는 의미이기도 하다.

맹오는 구르듯이 그곳으로 달려갔다. 쏟아진 눈이 만들어 놓은 작은 둔덕을 넘어선 그는 자신의 눈을 의심할 정도로 놀란 표정을 얼굴 가득 떠올렸다.

그곳은 길고 좁은 협곡(峽谷)으로 폭이 이 장 남짓밖에 되지 않았다.

그런데 밖에서는 제대로 몸을 가누기도 어려울 정도의 눈보라가 몰아치고 있는데 협곡 안은 바람 한 점 없이 고요하기만 하다.

뿐만 아니라 눈도 내리지 않는다. 위를 쳐다보니 수십 장 높이의 협곡 꼭대기 위로 눈보라가 몰아치고 있었다. 그런데 눈보라는 옆으로 불기 때문에 협곡의 좁은 꼭대기를 그냥 스쳐 지나가는 것이었다.

더구나 협곡 바닥에는 마른 풀이 푹신하게 융단처럼 처음부터 끝까지 깔려 있었다.

잠시 사라졌던 두 마리 모우는 그곳에서 한가롭게 풀을 뜯고 있었다.

맹오는 모우들을 쉴 틈도 주지 않고 극한 상황까지 몰고 갔었는데, 그 모우들이 맹오를 살렸다. 그는 귀한 교훈 한 가지를 배웠다.

시간이 얼마나 지난 걸까.

맹오와 군통은 모피 이불을 머리까지 뒤집어쓰고 웅크린 채 죽은 듯이 자고 있다.

산행을 시작한 이후 제대로 쉬지도 자지도 못했기 때문에 한 번 잠이 들어버리자 깨어날 줄을 몰랐다. 그리고 둘 사이에 태무랑이 눕혀져 있다.

맹오가 마른풀을 잔뜩 모아서 푹신하게 깔고 그 위에 다시 모피이불을 깐 후에 역시 모피 이불을 둘둘 감싼 태무랑을 눕혔었다.

"……."

맹오는 잠결에 무슨 소리를 들은 것 같아 움찔 몸을 떨더니 부스스 상체를 모피 이불에서 빼내고는 졸음이 가득한 눈으로 주위를 두리번거렸다.

그러다가 그는 정신이 번쩍 들었다. 이곳이 어딘지, 자신이 왜 이곳에 있는 것인지 온몸에 찬물이 끼얹어진 것처럼 불현듯 생각난 것이다. 그러자 정신과 몸이 한꺼번에 와르르 깨어났다.

순간 그는 자신이 무슨 소리인가를 듣고 깼다는 사실을 기억해 냈다.

"맹오……."

그때 그 소리가 다시 들렸다. 그런데 자신의 이름을 부르는 소리여서 그는 움찔 놀랐다.

반사적으로 태무랑을 쳐다보았다. 그의 이름을 부를 사람은 태무랑뿐이기 때문이다.

태무랑은 맹오가 해둔 그대로의 모습이었다. 그래서 그가 맹오의 이름을 불렀다는 생각이 들지 않았다.

그는 제남에 있을 때보다 상태가 극도로 악화되어 천산산맥을 헤매는 내내 거의 혼절해 있었지 않았는가. 깨었어도 눈을 게슴츠레 뜨고 한동안 있다가 다시 혼절하곤 했었다. 그렇다면 대체 누가 맹오를 불렀다는 말인가. 설마 환청이라도 들었다는 것인가.

"맹오……."

맹오가 태무랑을 꽁꽁 감싼 모피 이불을 보고 있는데 이번에는 그 속에서 목소리가 흘러나왔다. 그것은 틀림없는 태무랑의 목소리였다.

"아… 대협!"

맹오는 놀라기보다는 반가운 마음에 급히 모피 이불을 걷고 태무랑의 얼굴이 드러나게 해주었다.

그런데 뜻밖에도 태무랑은 눈을 뜨고 있었다. 게슴츠레 뜬 것이 아니라 제대로 뜬 모습이다. 속으로 움푹 꺼진 깊은 두 눈이 밝게 반짝이고 있었다. 맹오는 그를 만난 이후 그의 그런 눈빛을 처음 보았다. 그것은 그가 어느 때보다도 정신이 맑다는 것을 의미하고 있다.

"대협, 어떠십니까?"

"나는 괜찮다."

태무랑은 흐릿하지만 맹오가 제대로 알아들을 수 있을 만큼 또렷하게 말했다.

그런데 태무랑이 괜찮을 리가 없다. 천산산맥에 산행을 시작한 이후로는 거의 먹은 것이 없다.

예전 제남에서 그가 혼절해 있을 때에는 억지로 입을 벌려서 죽을 먹이기도 했지만, 지금은 아무리 힘을 줘도 꽉 다문 입을 벌리기가 어려웠다.

그래서 때로는 죽을 먹일 수 있었으나 먹이지 못한 경우가 더 많았다.

조금만 더 힘을 주면 앙상한 턱이 부서져 버릴 것만 같아서 맹오는 포기할 수밖에 없었다.

그런 그가 자신은 괜찮다고 말하고 있다. 맹오는 가슴이 저려오는 것을 느꼈다.

그런데도 태무랑은 기이할 정도로 상태가 좋아 보였다. 그래서 맹오는 이것이 혹시 죽기 직전에 마지막으로 한 번 정신이 맑아진다는 회광반조 현상이 아닌가 하는 생각에 겁이 더럭 났다.

등격리산에 거의 다 왔는데 태무랑이 이곳에서 죽으면 어찌 될지 눈앞이 캄캄해졌다.

"대협, 괜찮으십니까?"

그래서 그는 자신도 모르게 그렇게 또 한 번 물었다. 그로서는 확인이 필요했다.

"다 왔다."

그런데 태무랑은 뜬금없는 말을 했다. 다 왔다니, 어디를 다 왔다는 말인가? 설마… 맹오는 알 수 없는 느낌에 정신이 번쩍 들었다.

"설마… 그것을 느끼신 겁니까?"

"그리 멀지 않다. 이 근처다."

맹오는 움찔 놀라서 급히 주위를 둘러보았다. 태무랑이 이 근처라고 하니까 반사적인 행동이다. 하지만 설마 이 좁은 협곡 안에 있겠는가.

태무랑이 '다 왔다'라고 말하는 장소는 필경 목적지인 천원비정혈일 것이다.

그곳은 오행지기를 낳은 음양이 갈라져 나온 천원이 응축되어 있는 천지간의 최고로 영험한 장소다. 그러므로 오행지체인 태무랑이 그곳이 가까워지자 영적(靈的)으로 감지할 수도 있는 것일 게다.

"어디쯤입니까?"

그럴 리는 없겠지만, 혹시 태무랑이 장소까지 알고 있지 않을까 해서 맹오는 조심스럽게 물었다.

"가까운 곳에 있다."

"알겠습니다."

맹오는 갑자기 마음이 급해졌다. 그는 대답하고 일어나서 군통을 두들겨 깨웠다.

군통이 음식을 준비하는 동안 맹오는 떠날 준비를 했다. 썰매가 부서졌기 때문에 태무랑을 한 마리 모우 위에 모피를 깔고 눕혀서 묶을 생각이다.

그리고 이제부터 맹오 자신과 군통은 걸을 것이다. 모우를 아껴야겠다는 생각을 했다.

맹오는 군통이 정성껏 만든 죽을 식힌 다음에 태무랑 머리맡에 앉았다.

"드셔야 합니다."

태무랑은 가만히 있었다. 먹을 의사가 있으나 입을 벌릴 기력은 없는 것 같았다.

맹오는 태무랑을 일으켜 머리를 자신의 무릎에 얹고 조심스럽게 입을 벌렸다.

군통은 곡식 가루와 건육을 넣고 푹 삶아서 먹기 좋게 멀건 죽으로 만들었다.

맹오는 서둘지 않고 오랜 시간에 걸쳐서 태무랑에게 한 그릇의 죽을 다 먹였다.

이어서 죽이 위로 잘 내려가게, 또 소화가 잘되게 부드럽게 쓰다듬어 주었다.

천원비정혈이 가깝다고 했으니까 어쩌면 이것이 태무랑에게 먹이는 마지막 식사일지도 모른다는 생각에 맹오는 더욱 정성을 쏟았다.

거센 눈보라에 대처하기 위해서 만반의 준비를 갖춘 후에 일행은 협곡 밖으로 나왔다.

"아……."

그런데 군통이 놀라서 탄성을 터뜨렸다. 협곡 밖에는 언제 눈보라가 몰아쳤느냐는 듯이 거짓말처럼 눈보라가 멎어 있었던 것이다.

보이는 모든 것이 눈 세상이다. 그리고 찬란한 햇빛이 온 누리를 비추고 있었다.

저 멀리 수십 개의 높은 봉우리들이 햇빛을 받아 보석처럼 반짝이는 것이 보였다. 맹오와 군통은 한바탕 악몽을 꾸고 난 기분이 들었다.

두 사람은 눈보라가 멈추었다는 안도감에, 그리고 너무도 아름답고 신비한 자연경관에 심취되어 한동안 아무 말도 하지 못하고 주위를 두리번거렸다.

맹오는 어제 군통과 모우 한 마리가 추락하며 법석을 떨었던 언덕 아래를 굽어보았다.

지금 보니까 깊이가 무려 백여 장에 이르고 경사면이 매우 가파른 산등성이 위의 좁은 곳을 자신들이 아슬아슬하게 가고 있었다는 사실을 알게 되었다.

내리막 반대편 그러니까 좁은 길의 위쪽을 쳐다보니 그곳은 거의 직벽에 가까운 언덕이 사십여 장 높이로 길게 뻗어 있었다.

"출발하자."

맹오는 설경에 정신이 팔려 있는 군통을 일깨우고 선두의 모우 고삐를 붙잡고 걸음을 옮겼다.

그 모우에는 태무랑이 타고 있으며, 군통이 이끄는 모우에는 식량 따위가 실려 있다.

추락한 모우에는 옷가지와 노숙에 필요한 몇 가지 장비들이 실렸었는데, 그나마 식량을 잃지 않은 것이 불행 중 다행이었다.

푹. 푹. 푹.

눈이 너무 쌓여서 허벅지까지 빠지는 바람에 앞으로 나아가는 것이 쉽지 않았다.

그렇지만 거세게 눈보라가 휘몰아치던 것에 비하면 이것은 비단길이나 다름없다.

풀을 뜯고 충분히 휴식을 취한 두 마리 모우도 힘이 나는지 눈길을 거침없이 헤치며 전진했다.

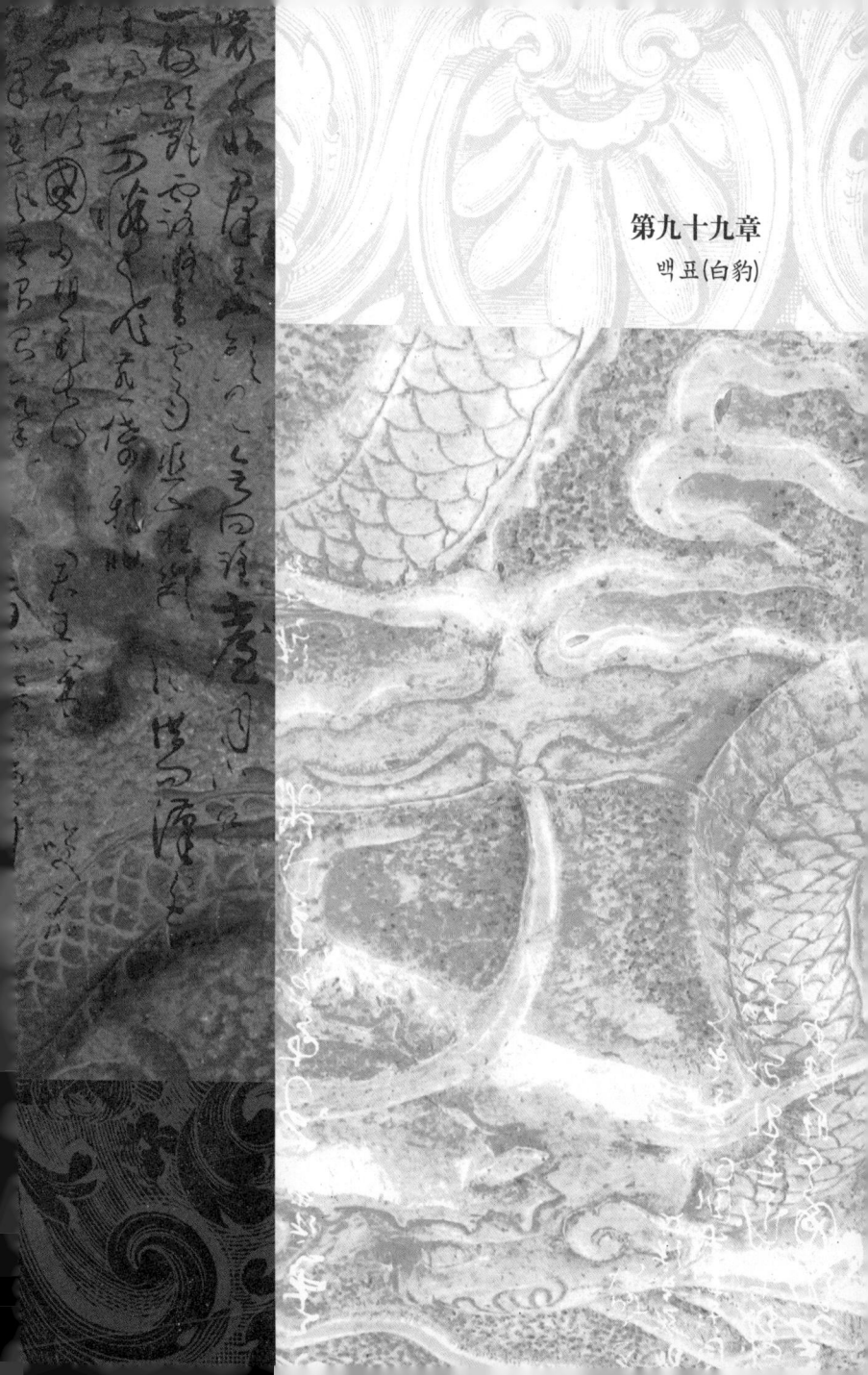

第九十九章
백표(白豹)

　갑자기 산등성이가 끝나고 넓은 설원이 눈앞에 펼쳐지자 맹오 등은 걸음을 멈추었다.

　오른쪽의 내리막 급경사도, 왼쪽의 높은 직벽도 갑자기 사라지고 전면에는 광활한 설원이 수억만 개의 보석을 바닥에 깔아놓은 듯 눈부시게 반짝이고 있었다.

　"와아. 굉장하군요······."

　군통은 산등성이가 끝났다는 기쁨과 설원의 아름다움에 도취되어 탄성을 터뜨렸다.

　그때 설원을 보던 맹오의 시야에 다른 광경이 들어왔다.

"아……."

그 광경을 보는 순간 그는 가슴이 콱 막히는 듯한 느낌에 자신도 모르게 나직한 탄성을 흘렸다.

끝이 없을 듯 펼쳐져 있는 설원 그 너머에 희뿌연 거대한 산 하나가 장엄하게 우뚝 자리 잡고 있었다.

산 아래는 설원의 좌우 끝에 닿아 있고, 산 정상은 너무 높아서 보이지 않았다. 겹겹이 둘러싸인 구름을 뚫고 치솟아 있기 때문이다.

하늘과 맞닿은, 아니, 하늘과 하나로 이어져 있는 산. 바로 그토록 찾아 헤맸던 등격리산이 분명했다.

맹오는 그 산을 보는 순간 그것이 바로 자신들의 목적지인 등격리산이며, 또한 그곳에 천원비정혈이 있을 것이라는 강렬한 느낌을 받았다.

문득 맹오는 한 마리 모우로 다가가 그 위에 눕혀 있는 태무랑의 얼굴을 덮은 모피를 젖히고 그의 상체를 세워서 등격리산 쪽으로 향하게 해주었다.

"보십시오. 등격리산입니다."

"음……."

태무랑은 나직한 신음을 흘리며 정면의 거산을 묵묵히 바라보았다.

"뭔가 느껴지십니까?"

맹오는 그의 표정을 살피면서 물었다.

"저기다."

태무랑의 나직한 대답에 맹오는 그럴 줄 알았다는 듯 미소를 지었다.

"네. 저깁니다. 이제 멀지 않았습니다."

"음."

"이제 됐습니다. 마침내 성공입니다. 이제 곧 대협을 천원비정혈에 모시겠습니다."

그러나 태무랑은 이번에는 아무 말도 하지 않았다.

맹오는 그때는 아무렇지도 않게 지났으나 나중에야 태무랑이 왜 대답을 하지 않았는지 깨달았다.

두 가지 일이 일어났다.

아니, 하나는 원래 있었던 사실인데 뒤늦게 깨달은 것이고, 또 하나는 실제로 일어난 일이다.

맹오는 설원을 건너기만 하면 등격리신에 당도할 것이라고 간단하게 생각했었다.

그런데 가도 가도 등격리산은 조금도 가까워지지 않았다. 맹오 등이 제자리걸음을 하는 것이 아니라 등격리산이 워낙 멀리에 있기 때문이다.

처음에 등격리산을 발견한 곳에서 열흘이나 하루에 한두

시진만 쉬면서 걸어왔으나 거리는 조금도 가까워진 것 같지 않았다.

등격리산은 처음 봤을 때나 똑같은 곳에 마치 신기루처럼 버티고 서 있었다.

그래서 맹오와 군통은 혹시 등격리산이 정말 신기루가 아닐까 하는 생각마저도 하게 되었다.

그런데 열하루 째부터 다시 지긋지긋한 눈보라가 몰아치기 시작했다.

맹오와 군통은 지난 열흘 동안 눈보라가 멈춰 있었던 것에 감사하기보다는 열하루 째부터 몰아치는 눈보라를 원망하며 길을 재촉했다.

또한 그때부터는 눈보라 때문에 등격리산의 모습이 더 이상 보이지 않게 되었다.

그래서 맹오는 방향을 잃지 않기 위해서 노심초사해야만 했다. 조금이라도 방향이 어긋나 버리면 전혀 다른 곳으로 가게 되기 때문이다.

그들에게 일어난 또 한 가지의 일은, 태무랑이 갑자기 다시 깊은 혼절의 늪 속으로 빠져들었다는 사실이다.

천원비정혈이 가까워져서 태무랑이 정신을 차렸을 것이라던 맹오의 생각은 보기 좋게 빗나갔다.

그의 추측이 맞는다면 등격리산이 가까워질수록 태무랑이

더욱 생기가 넘쳐야 하기 때문이다.

맹오는 눈보라 속에서 한 시진 이상은 전진하지 않았다. 눈보라가 너무 거세기 때문이 아니고, 그렇다고 쉬기 위해서도 아니었다.

순전히 태무랑의 상태를 확인하기 위해서 강행군을 멈추고 그의 맥을 짚어보는 것을 반복했다. 다행히 그때마다 태무랑은 미약한 맥을 지니고 있었다. 하지만 점점 더 미약해지고 있었다.

드넓은 설원에서 등격리산을 발견한 이후 출발한 지 열나흘째 밤이다.

후오오오—

눈보라는 점점 더 거세졌다. 마치 이 세상에 눈보라 외에는 아무 것도 존재하시 않는다는 착각이 들게 만들었다.

그런데 맹오 일행은 한 시진 전부터 그 자리에 멈춰서 갈팡질팡하고 있는 중이다.

그들이 가장 우려하던 일이 현실로 드러나고 말았다. 방향을 잃어버리고 만 것이다.

갑자기 더욱 거세진 눈보라에 맹오와 군통이 동시에 고개를 숙이면서 눈을 감았는데, 그 바람에 몸이 한차례 휘청하고 나서는 그때부터 어느 쪽에 등격리산이 있었는지 종잡을 수가 없게 돼버렸다.

방향을 잃어버린 상태에서 계속 전진하다가는 잘못 갔을 경우에 오히려 등격리산으로부터 멀어지기 때문에 막연한 추측만으로 함부로 갈 수도 없는 상황이다.

두 사람과 두 마리 모우의 발자국은 이미 눈보라에 뒤덮여서 자신들이 어느 쪽으로 가고 있었는지 알아낼 수가 없는 상황이다.

"아아… 어쩌자고……."

맹오는 주먹으로 자신의 머리를 쥐어박으면서 자책했다. 한순간의 실수가 돌이킬 수 없는 상황을 초래하고 말았다. 하지만 아무리 후회해도 돌이킬 수 없는 일이다. 쏟은 물을 다시 주워 담을 수는 없다.

맹오가 너무 괴로워하는 바람에 군통은 위로를 하고 싶었으나 이것은 위로해서 될 일이 아니다. 더구나 위로가 맹오에게 먹힐 리가 없다.

하늘에 달이라도 떠 있으면 쉽게 방향을 찾을 수 있을 텐데 지독한 눈보라 때문에 달이 전혀 보이지 않았다. 눈보라가 그치지 않는 한 내일 아침에 해가 뜬다고 해도 달라질 것은 없을 터이다. 지독한 눈보라는 해가 떴는지조차도 알 수 없게 만들기 때문이다.

어떻게든 눈보라가 그쳐야만 방향을 알 수 있을 텐데, 한 번 불기 시작하면 언제 그칠지 모르는 눈보라가 언제 그치기를 기다린다는 말인가.

털썩!

"크흑……."

절망에 빠진 맹오는 그 자리에 쓰러지듯이 주저앉고 말았다.

아무리 머리를 쥐어짜 봐도 어떻게 해야 좋을지 방법이 생각나지 않았다.

군통은 금세 해결될 일이 아니라고 생각하여 묵묵히 모우 위에서 태무랑을 내려 바닥에 눕혔다. 모피 이불에 둘둘 말린 채 혼절해 있는 태무랑은 사태가 어떻게 됐는지도 모르고 있을 것이다.

휘이이잉―

아무리 모피 옷을 껴입었다고 해도 움직이지 않고 가만히 있으면 훨씬 더 춥게 마련이다.

맹오와 군통은 앉아 있는 두 마리 모우 사이에 앉아 있지만 시간이 지날수록 점점 더 추워졌다.

맹오는 자신의 실수 때문에 이 지경이 됐는데도 추위를 느끼고 있는 스스로가 원망스러웠다.

자신이 목숨을 바쳐서라도 이 난관을 벗어날 수만 있다면 더 이상 바랄 게 없으련만 하잘것없는 인간의 고통이 그를 비참하게 만들었다.

"으으흐흐……."

그때 웅크리고 앉은 군통이 와들와들 떨면서 이빨 부딪치는 소리를 냈다.

칠흑처럼 캄캄한 밤에 인정사정없이 몰아치는 눈보라 속에서 두 사람은 점점 몸이 얼어가기 시작했다.

'아아, 대협께서는…….'

맹오는 자신보다 태무랑을 더 걱정했으나 그마저도 어떻게 해볼 방법이 없다.

그때 군통이 와들와들 떨면서 엉거주춤 일어나더니 한 마리 모우에게 다가갔다.

맹오는 그를 물끄러미 보고 있으면서도 뭘 하려는 것인지 물어보는 것도 제지하는 것도 만사가 귀찮아서 그냥 가만히 있었다.

군통은 비틀거리면서 모우의 고삐를 잡고 이쪽으로 끌고 오더니 다른 한 마리도 끌고 와서 두 마리를 각기 반대방향을 보게 해서 바짝 붙여서 앉혔다.

"으으… 오대가… 대협을 이리 옮깁시다……."

그는 바닥에 눕혀 있는 태무랑의 한쪽을 잡고 맹오를 쳐다보았다.

"뭘 하려는 것이냐?"

군통은 와들와들 떨면서 턱으로 모우 두 마리를 가리켰다.

"으으… 저 속에 들어가면 따뜻할 겁니다. 예전에 우… 리 거지들은 한겨울에 추울 때 서로 부둥켜안고 얼어 죽는 것을 견뎠습니다…… 흐으으……."

그 말을 듣고 맹오는 크게 공감했다. 두 마리 모우를 바짝 붙여놓고 그 안에 들어가면 일단 눈보라를 막아줄 테고, 모우와 사람끼리의 체온이 보온효과를 낼 테니 미상불 지금보다는 나을 것이라는 생각이 들었다.

추위는 한결 가셨다. 뜨끈뜨끈하지는 않지만 훈훈함이 느껴져서 더 이상 온몸이 떨리지 않았다.

군통의 찢어지게 가난했던 시절 거지의 경험이 얼어 죽는 것을 모면하게 해주었다.

군통과 두 마리 모우는 잠이 들었는지 움직임이 없다. 아니, 군통의 가늘게 코고는 소리가 들렸다.

하지만 맹오는 피곤에 지친 상태에서도 도무지 잠이 오지 않았다. 몸의 고통이 사라지니까 기다렸다는 듯이 또 다른 고민이 찾아들었다. 바로 어느 쪽에 등격리산이 있는가 하는 것이다.

무엇이라도 돌파구가 보이면 그쪽 방면으로 골똘히 생각을 할 텐데, 막막하기만 하면 몸도 정신도 지쳐서 늘어지게 마련이다.

지금 맹오가 그런 경우다. 아무리 궁리를 해봐도 방법은커 녕 털끝만 한 실마리조차 보이지 않자 기진맥진해서 늘어지 더니 오래지 않아서 혼곤한 잠에 빠져들기 시작했다. 몸은 정 신을, 정신은 환경을 이기지 못한다.

들썩.

"......!"

맹오는 몸이 크게 흔들리자 화드득 잠에서 깼다. 그리고 자 신이 잠들었었다는 사실을 깨닫고 더 놀랐다.

우우…….

그러나 그는 자신의 나약함을 꾸짖을 기회가 없었다. 두 마 리 모우가 나직이 울면서 몸을 크게 움직이며 일어나고 있기 때문이다.

깜짝 놀라서 벌떡 퉁기듯 일어난 그는 급히 주위를 두리번 거리다가 한쪽 방향에 시선이 딱 멈추면서 멈칫 몸이 굳어버 렸다.

'저것은…….'

무엇인가 이쪽으로 다가오고 있는데 엄청나게 빠른 속도 다. 그것은 하나의 빛인데, 붉은 듯하기도 하고 푸른 것 같기 도 한 것이 쏘아오고 있었다.

모우들이 일어서는 바람에 군통도 화들짝 놀라서 깨어나 바닥에서 엉금거리며 기었다.

모우들이 계속 낮은 울음소리를 내면서 뒷걸음을 쳤다. 그것은 마치 사나운 맹수를 만났을 때의 모습이고 행동이라고 맹오는 직감했다.

'맹수다……!'

챵!

그는 속으로 중얼거리면서 도를 뽑으며 낮게 외쳤다.

"군통! 대협과 모우들을 이끌고 뒤로 물러나라!"

화들짝 놀란 군통은 급히 모우들의 고삐를 묶은 밧줄을 한 손에 그러쥐고 다른 손으로는 태무랑을 질질 끌면서 뒤로 물러났다.

우두두—

그러나 곧 두 마리 모우가 미친 듯이 달려가자 군통은 쓰러져서 쏜살같이 끌려가면서도 밧줄을 놓지 않았고 다른 손의 태무랑도 놓치지 않으려고 기를 썼다.

맹오는 요란한 소리가 나자 태무랑이 걱정됐으나 뒤를 돌아볼 겨를이 없다.

그 의문의 불빛은 어느새 십여 장 앞에서 번갯불처럼 빠르게 쇄도하고 있었다.

맹수라고 짐작되는 그것을 처치하지 않고는 태무랑을 지

킬 수가 없기 때문이다.

그런데 그 불빛이 십여 장 앞으로 쇄도하고서야 맹오는 그것이 한 쌍의 눈이라는 사실을 깨달았다.

그는 한 쌍의 눈이 쇄도하는 속도를 가늠하면서 도를 머리 위로 치켜들며 공격할 시기를 계산했다.

다행히 맹수라고 짐작되는 그것은 맹오와 정면충돌을 할 듯이 곧장 쏘아오고 있다.

'지금이다!'

지금이 공격 시기라고 판단한 맹오는 공력을 모아서 맹렬하게 도를 그어 내렸다.

패애—

제아무리 포악한 맹수라고 해도 미물일 뿐이고 맹오는 개방의 사결제자다. 이변이 없는 한 일도에 맹수를 죽일 수 있을 것이다. 최소한 그는 그렇게 확신했다.

"……."

그런데 그의 도가 막 그어 내리는 순간 그 위쪽으로 한 쌍의 빛이 쏜살같이 날아서 넘어갔다.

믿을 수 없을 정도로 엄청나게 빠른 속도다. 그렇게 빠를 줄은 미처 예상하지 못했다.

맹오의 계산이 틀렸다. 만약 한 쌍의 빛이 도 위를 날아서 넘지 않고 정면으로 부딪쳐 왔다면 맹오는 도를 휘둘러 보지도 못하고 먼저 당했을 것이다. 그만큼 그의 반응이 늦었다는 것이다.

맹오는 크게 놀라서 다급히 뒤를 돌아보았다. 한 쌍의 빛은 보이지 않았다.

그 대신 뭔가 희끗한 물체가 지상에서 일 장 높이에서 태무랑과 군통, 모우를 향해 쏘아가고 있는 것이 보였다. 그것은 미지의 물체의 뒷모습이었다.

아찔했다. 그토록 빠른 맹수라면 지금 맹오가 뒤쫓는다고 해도 태무랑 등을 구할 수는 없을 터이다.

탓!

그러나 이대로 보고만 있을 수는 없다. 정말 그렇게 된다면 그것은 너무도 억울한 일이다.

등격리산을 코앞에 두고 개죽음을 당한다면 죽어서도 절대로 눈을 감지 못할 것이다. 아니, 태무랑에게 씻지 못할 죄를 짓게 될 것이다.

쏘아가는 맹오는 곧 자신의 눈앞에서 한바탕 피바람이 일어날 광경이 눈에 선했다.

'아아… 대협…….'

그때 어떤 생각이 맹오의 머리를 스쳤다. 맹수는 덩치가 큰 모우부터 공격할 것이다. 그렇다면 태무랑과 군통을 구할 기회는 아직 있다.

그런데 희끗한 물체는 미친 듯이 달려가고 있는 두 마리 모우를 훌쩍 뛰어넘어 바닥에 내려서더니 몸을 돌려서 모우들의 앞을 가로막았다.

그르르.

나직한 그르렁거림이 허공을 울리는 순간 죽을 둥 살 둥 내달리던 두 마리 모우가 급히 멈추었다. 그 바람에 끌려가던 군통과 태무랑도 정지했다.

맹오는 태무랑과 군통을 힐끗 보면서 빠르게 그들을 스쳐 지나가 두 마리 모우 앞쪽에 이쪽을 향해 멈춰 있는 물체를 향해 곧장 돌진했다.

그 순간 그는 비로소 한 쌍의 빛의 실체를 보았다. 흠칫 놀란 그는 자신도 모르게 신형을 멈추고 두 마리 모우 옆에 내려섰다.

그것은 한 마리 표범이었다. 하지만 흔히 알고 있는 그런 표범이 아니다.

우선 이 짐승은 표범의 모습을 하고는 있지만 보통 표범보다 훨씬 컸다. 아니, 모우의 두 배 정도로 엄청나게 컸다. 실로 거대한 체구다.

또한 윗니 두 개의 송곳니가 밖으로 돌출되어 두 자가량 길게 뻗어 내렸으며, 머리에는 하나의 희고 뾰족한 뿔이 솟아 있었다.

원래 표범은 송곳니가 튀어 나오지도, 뿔도 없다. 하지만 다른 모습은 영락없는 표범의 그것이다.

그리고 짐승의 전신은 눈처럼 흰 털로 뒤덮여 있었다. 즉, 백표(白豹)다.

그래서 휘몰아치는 눈보라 속에서 백표의 모습이 보이지 않고 눈빛, 즉 안광만 보였던 것이다.

백표의 눈빛은 두 가지 빛을 띠고 있다. 눈자위에서는 붉은 빛이, 눈동자에서는 푸른 빛이 뿜어졌다.

그러나 웬만한 간담을 지니고는 백표의 눈빛을 정면으로 마주 쳐다보지 못할 것이다.

누구보다도 철석간담이라고 자부하는 맹오지만 부지중에 자신도 모르게 백표의 눈을 외면했다가 움찔 놀라서 다시 쳐다보았다.

쿵!

그때 두 마리 모우가 갑자기 무릎을 꿇었다. 그러더니 그 자리에서 꼼짝도 하지 않았다.

그것은 백표 앞에서 모든 것을 체념한 듯한 모습이었다. 모우는 미물이지만 약자가 절대강자에게 보이는 복종의 모습이기도 했다.

맹오는 마른침을 꿀꺽 삼키고 백표를 쏘아보았다. 무서움을 모르는 그이지만 모우의 두 배 정도 엄청난 크기의 백표

앞에서는 아연 긴장이 되어 모피 옷 안에서 땀이 바작바작 스미어 나왔다.

스으.

그때 백표가 움직였다. 맹오와 두 마리 모우를 향해 다가오기 시작했다.

그런데 그 커다란 덩치가 움직이는데도 아무런 소리도 나지 않았다. 눈 위를 미끄러지는 듯했다.

순간 맹오는 두려움에 자신도 모르게 움찔 한 발자국 뒷걸음질 쳤다가 실책을 깨닫고 급히 도를 치켜세우면서 곧장 백표를 향해 돌진해 갔다.

쐐애액!

도가 허공을 가르면서 날카로운 파공음을 냈다. 도가 겨누고 있는 곳은 백표의 미간이다. 그 부위를 일도에 쪼개면 아무리 거대한 백표라고 해도 즉사하고 말 것이라는 게 맹오의 생각이다.

맹오는 백표를 향해서 쏘아가고, 백표는 그를 향해 미끄러지듯이 마주 다가왔다.

패애액!

드디어 도가 사정거리에 들어온 백표의 미간을 향해 내리그어졌다.

"……"

그러나 도는 허공을 쪼갰다. 백표가 너무도 가볍게 훌쩍 몸을 날려 맹오의 머리 위를 날아 넘었기 때문이다.

맹오는 움찔 놀라 급히 신형을 멈추고 뒤돌아보았다. 그때 백표는 모우 뒤쪽에 퍼질러 앉아 있는 군통과 태무랑 앞에 추호의 기척도 없이 내려서고 있었다.

"으어어⋯⋯."

손만 뻗으면 닿을 수 있는 가까운 거리에서 희고 날카로운 이를 드러내며 그르렁거리는 백표를 보자 군통은 심장이 목구멍 밖으로 튀어나올 듯이 기겁해서 앉은 채 발장구를 치듯이 마구 뒤로 물러났다. 즉, 태무랑을 혼자 놔두고 저만 살겠다는 것이다.

"군통!"

번쩍 정신을 차린 맹오는 외마디 악을 쓰며 백표를 향해 덮쳐 갔다.

하지만 백표의 행동은 그보다 더 빨랐다. 백표는 모피 이불로 둘둘 감싼 채 밧줄에 묶여 있는 태무랑을 가볍게 입으로 물더니 지체없이 왔던 길로 쏘아갔다.

쉬익!

"멈춰라! 이 미물아!"

맹오는 이성을 잃고 미친 듯이 백표를 뒤쫓으면서 도를 휘두르며 울부짖었다.

"으어어……."

눈 바닥에 퍼질러 앉은 군통은 눈보라 속으로 백표와 맹오
가 사라져 가는 것을 공포에 질린 얼굴로 바라보고 있을 뿐이
다.

군통은 한참 만에야 겨우 정신을 수습했으나 그때까지도
자신이 겁에 질린 나머지 오줌을 쌌다는 사실을 느끼지 못하
고 있었다.

그는 두 마리 모우를 끌어다가 밧줄을 손에 쥐고 우두커니
서서 맹오가 사라진 방향을 하염없이 쳐다보았다.

후오오―

거센 눈보라가 휘몰아치고 있으나 군통은 추운 줄도 몰랐
다. 무서움도 느끼지 못했다.

맹오가 돌아온 것은 그로부터 한 시진 후였다. 그는 어깨를
늘어뜨리고 도를 질질 끌면서, 아니, 발도 질질 끌면서 힘없
는 발걸음과 모습으로 세찬 눈보라를 뚫고 돌아왔다.

군통은 그의 초라한 모습에서 태무랑을 찾지 못했다는 것
을 깨달았다.

그러자 갑자기 낭떠러지에 매달려 있다가 붙잡고 있던 밧
줄이 뚝 끊어진 듯한 느낌이 들었다.

털썩!

여태 서 있던 그는 그 자리에 스르르 주저앉았다.

"일어나라. 가자."

맹오가 군통의 손에서 모우들의 고삐 줄을 낚아채며 말하고 자신이 방금 돌아온 방향으로 걸음을 옮기기 시작했다. 여전히 지친 발걸음이다.

"어… 디로 갑니까?"

모든 것이 끝났다고 생각한 군통은 정신이 반쯤 나간 표정으로 물었다.

"대협을 찾으러 간다."

"대협께선… 그 괴물에게… 잡아먹히지 않았습니까?"

그러나 맹오는 대답하지 않고 눈보라 속으로 걸어가더니 곧 보이지 않게 되었다.

"오대가."

휘이잉―

퍼질러 앉은 군통이 놀라서 급히 불렀으나 눈보라만 거세게 휘몰아칠 뿐이다.

순간 그는 자신이 혼자 남겨졌다는 사실을 깨달았다. 혼자 맞는 눈보라는 더 매서웠다.

그는 퉁기듯 벌떡 일어나 맹오가 사라진 방향으로 미친 듯이 달려가며 부르짖었다.

"오대가!"

쿵!

"윽!"

눈보라 속을 걸어가고 있는 모우 위에서 졸던 군통은 눈 바닥으로 떨어지며 답답한 신음을 토해냈다.

"으으……."

그는 등짝이 쪼개지는 듯한 아픔 때문에 퍼질러 앉은 채 신음소리를 내며 끙끙거렸다.

"으으으… 도대체…… 앗!"

그러다가 그는 자신이 타고 있던 모우와 맹오가 보이지 않는다는 사실을 깨닫고 소스라치게 놀랐다.

휘이이이—

한밤중의 눈보라 소리는 마치 귀곡성처럼 들려서 등골이 오싹거렸다.

"으으… 오대가……."

겁을 잔뜩 집어먹은 그는 맹오를 찾느라 주위를 두리번거렸으나 보이는 것은 칠흑 같은 어둠과 눈보라뿐이다.

이곳에 혼자 버려졌다는 사실이 뼛속으로 스며드는 순간 절망감에 저절로 눈물이 솟구쳤고 공포심에 온몸이 와들와들 떨렸다.

그는 벌떡 일어나서 주위를 마구 두리번거리면서 미친 듯이 악을 썼다.

"으아아―! 오대가―!"

"여기다."

그때 눈보라 속에서 조용한 목소리가 들려왔다. 틀림없는 맹오의 목소리다.

군통은 반색하며 다시 두리번거렸으나 어느 방향에서 들려왔는지 알 수가 없다.

"어, 어디 계십니까? 오대가!"

"이쪽이다."

다시 한쪽 방향에서 맹오의 목소리가 들려오자 군통은 어린아이처럼 울음을 터뜨리며 엎어질 듯이 달려갔다.

"으허엉! 오대가!"

날이 밝았다. 그리고 기적처럼 동시에 눈보라도 멈추었다.

맹오와 군통은 밤새 걷다가 어둠이 걷히면서 눈보라가 걷히자 그 자리에 멈추었다. 그리고는 두 사람 얼굴에 망연자실한 표정이 떠올랐다.

해는 두 사람의 뒤쪽에서 떠오르고 있었다. 즉, 그들은 해를 등지고 서쪽으로 밤새 걸어가고 있었던 것이다.

북쪽을 쳐다보니 저 멀리에 거대한 등격리산이 희고 거대한 모습을 드러내 놓고 있었다.

군통은 어이없다는 듯한 표정으로 자신들이 가고 있던 서쪽을 가리켰다.

"오대가, 괴물이 대협을 물고 간 방향이 이쪽이 맞습니까?"

맹오는 대답하지 않았다. 아니, 못했다. 그는 그 방향이 맞다고 확신한 채 밤새 걸어왔었다.

그런데 그것이 잘못된 것이었다. 잘못된 방향으로 줄곧 걸어오고 있었던 것이다.

"요기를 하고 나서 다시 출발하자."

생각 같아서는 쉬지도 않고 계속 강행군하고 싶지만 그러다가는 멀리 가지도 못하고 쓰러질 것이 분명하기 때문에 뭐라도 먹어야겠다고 생각했다.

두 사람은 바닥에 마주 앉아서 돌덩이처럼 딱딱한 건육 조각을 입에 넣고 씹었다.

맹오는 아까 군통이 물어본 것을 그제야 대답했다.

"나는 백표가 대협을 죽이지 않았을 것이라고 생각한다."

"백표가 뭡니까?"

"그 괴물이다."

"아……."

그래도 군통은 의아한 표정을 지우지 못했다.

"백표가 대협을 죽이지 않았다니… 그게 무슨 말씀입니까?

필경 백표는 대협을 잡아먹었을 텐데……."

그는 말끝을 흐렸다. 백표가 태무랑을 잡아먹었다는 표현이 아무래도 좋지 않았기 때문이다. 또한 맹오가 화를 낼 만한 소리다.

그러나 맹오는 개의치 않고 설명했다.

"백표가 잡아먹을 것 같았으면 두 마리 모우를 선택했을 것이다. 또한 나나 너는 대협보다 훨씬 덩치가 크고 먹음직하지 않느냐?"

"그… 렇군요."

'먹음직하다' 라는 말에 군통은 오싹 소름이 끼쳤지만 고개를 끄덕였다.

"더구나 대협께선 두꺼운 모피 이불에 감싼 상태였다. 그런데도 백표는 정확하게 대협을 찾아냈고 물고 사라졌다. 그것이 무엇을 의미하는 것 같으냐?"

"글쎄요. 저로서는 딱히……."

맹오는 자르듯이 말했다.

"백표는 영물이 분명하다. 그렇게 거대하고 또 뿔이 난 표범이 있다는 말은 들어본 적이 없다."

"그런 것 같더군요."

"내 생각에… 아마 백표는 대협을 천원비정혈로 데려갔을 것이다."

"에엣?"

군통은 깜짝 놀랐다. 하지만 말도 안 된다는 말은 차마 하지 못했다.

"어째서 그렇게 생각하십니까?"

"나도 모른다."

사실 여러 가지 복잡한 이유나 까닭 같은 것들이 있을 것이라고 짐작하고 또 그것들이 무엇인지 어렴풋이 생각날 것 같기도 하지만 군통에게 일일이 설명하고 싶지는 않았다. 설명해도 그는 알아듣지 못할 것이다.

군통도 이유를 들으려고 고집하지는 않는 듯했다. 그는 등격리산을 쳐다보며 중얼거렸다.

"그러니까 저 산에 가면 대협께서 계실 거라는 말씀인가요? 그래서 우리도 저 산에 가야 한다는 것이죠?"

"그렇다."

그것은 확신이 아니라 믿음이었다, 부디 그래 주기를 간절하게 바라는.

第百章
천원경(天元境) 천원담(天元潭)

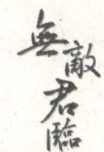

차륵.

분주한 저녁 나절의 남경 낭랑루 입구에 쳐진 주렴을 걷으면서 한 사람이 들어섰다.

이십 대 중반의 청년이며, 둥그런 얼굴에 뭉툭한 코와 두툼한 입술을 지녔으며 중키에 약간 퉁퉁한 체구를 지녔다. 그리고 평범하지만 낡은 갈의를 입고 있었다.

그는 웃는 상이라서 웃지 않고 있어도 웃고 있는 듯한 얼굴인데, 지금 그 얼굴에는 진지함과 심각함이 떠올라 있어서 매우 이상한 표정이다.

"어서…… 아!"

쨍그랑!

손님이 많아서 계산대의 봉화일선까지 일손을 돕고 있는 터라서 입구 가까운 쪽의 청미가 주루로 들어서는 청년을 쳐다보며 말을 하다가 놀라서 들고 있던 요리 그릇을 떨어뜨리고 말았다.

"풍… 웁!"

청미는 청년을 보고 너무 반갑고 놀라서 외치다가 뒤에서 누군가 입을 막는 바람에 말을 잇지 못했다.

"어서 오세요. 이리 앉으세요."

청미의 입을 막은 사람은 봉화일선이다. 그녀는 청미를 슬쩍 밀치고 청년에게 빈자리를 안내했다.

"뭘 드시겠어요?"

그렇게 묻는 봉화일선을 쳐다보는 청년의 눈빛이 파도처럼 크게 일렁거렸다. 그는 감정이 북받쳐 오르는 듯했지만 꾹 눌러 참았다.

"맛있는 것을 주시오. 술도 한 병 주고."

"알겠어요."

원래 딱딱한 말투의 봉화일선이지만 지금은 매우 부드럽게 변했다.

더구나 그녀는 '맛있는 것' 을 달라는 청년의 주문에 토를

달지 않고 선선히 고개를 끄덕였다.

만약 다른 손님이 그런 주문을 했다면 제대로 주문하라고 요구했을 것이다.

봉화일선은 몸을 돌리면서 청년에게 전음을 보냈다.

[술시에 영업이 끝나요.]

청년은 가볍게 고개를 끄덕이며 봉화일선의 뒷모습을 물끄러미 쳐다보았다.

한쪽 발에 의족을 한 봉화일선이 절룩거리면서 주방으로 걸어가는 뒷모습을 바라보는 청년의 얼굴에 쓸쓸함이 엷게 떠올랐다.

그러다가 그는 청미가 자신을 바라보고 있는 것을 발견하고 그녀를 쳐다보다가 청미의 두 눈에 눈물이 가득 고여 있는 것을 보고는 가슴이 뭉클해서 자신도 모르게 눈물이 핑 돌았다.

문득 청년의 시선이 청미의 오른팔로 향했다. 그녀의 오른쪽 소매가 미약하게 흔들리고 있었다. 청년은 그녀가 오른팔을 잃었다는 사실을 깨달았다.

술시, 낭랑루의 영업이 끝났다.

이제 손님들은 술시가 되면 내쫓지 않아도 알아서 자기들끼리 주섬주섬 나간다. 낭랑루의 술시마감이 이제 자리를 잡았다는 뜻이다.

청미가 주렴을 걷어서 들여오고 주루의 문을 안에서 걸어 잠글 때 주방에서 벽교상이 젖은 두 손을 행주치마에 닦으면서 나왔다.

그녀는 술을 마시러 이층으로 오르는 계단에 막 발을 얹으려다가 주루 내에 아직 한 사람이 남아 있는 것을 발견하고 발끈한 표정을 지으며 쳐다보았다.

그러나 그 사람이 천천히 일어서는 것을 발견한 벽교상은 그 자리에 돌처럼 굳어버렸다. 그리고는 가녀린 교구가 바르르 세차게 떨렸다.

"풍개……."

그녀는 주춤주춤 그 사람, 즉 청년에게 걸어가면서 중얼거렸다. 청년도 마주 다가왔다.

한순간 벽교상은 청년에게 달려가 그에게 와락 안기면서 울음을 터뜨렸다.

"풍개! 으흐흑!"

청년 신풍개는 벽교상의 모습을 보는 순간 눈물이 왈칵 솟구쳐서 그녀를 떼어내고 얼굴을 들여다보았다.

"정말… 철화빙선이오?"

벽교상은 흉측한 얼굴을 일그러뜨리고 하나뿐인 눈으로 눈물만 흘렸다.

신풍개는 가슴이 찢어지는 듯한 표정으로 그녀를 바라보며 중얼거렸다.

"아… 그 아름답던 얼굴이 어쩌다가……."

그러나 벽교상의 관심사는 그런 것이 아니다.

"풍개, 그분을 만났나요? 그분 소식을 알고 있어요?"

그분이 태무랑이라는 것을 신풍개는 잘 알고 있다. 이 여자는 자신이 이런 형편없는 꼴이 되고서도 오로지 태무랑만 염려하고 있다. 벽교상은 그런 여자다.

신풍개는 착잡하게 고개를 가로저었다.

"나도 태 형에 대한 것은 아무것도 모르오. 그래서 나는 당신을 만나면 태 형에 대해서 뭔가 알 수 있을지도 모른다고 생각했는데……."

그는 혹시나 남경에 오면 태무랑에 대한 소식을 들을 수 있지 않을까 해서 왔다가 우연히 세 여자가 운영한다는 낭랑루에 대한 소문을 듣고 찾아온 것이었다.

오늘 밤에는 평소와는 달리 낭랑루의 이층에서 네 사람이 술을 마시고 있다.

일남삼녀. 신풍개와 벽교상, 봉화일선, 청미인데 다른 날하고는 사뭇 분위기가 달랐다.

세 여자끼리만 술을 마실 때에는 거의 말도 없이 무거운 분위기였는데, 지금은 활기에 넘치지만 반면에 네 사람 모두 눈물을 흘리고 있다.

"그런데… 수월공주는 어찌 됐나요?"

여태 태무랑에 대해서 대화를 나누다가 문득 벽교상이 화제를 바꾸었다.

그녀는 개인적으로는 수월화하고 친하지 않지만 그녀가 태무랑의 아내나 다름없는 신분이기 때문에 지금껏 그녀가 어찌 됐는지 못내 궁금하게 생각했었다.

신풍개는 어두운 표정을 지었다.

"자세히는 모르지만… 자금성 지하뇌옥에 무령왕과 함께 감금되어 있다는 말을 들었소."

"그렇군요."

벽교상의 얼굴이 더욱 우울하게 변했다. 수월화가 무사할 것이라는 말을 기대했던 것은 아니지만, 그녀가 자금성 지하뇌옥에 감금되어 있다는 사실을 알게 되니 자신보다 더 절박한 상황에 처한 것 같아서 가슴이 아팠다.

태무랑과 관계된 사람 중에서 좋은 처지에 있는 사람은 아무도 없는 것 같았다.

"그녀와 무령왕을 구하려는 움직임은 있나요?"

신풍개의 얼굴이 암울하게 변했다.

"내가 알기로는 없는 것 같소."

그는 착잡하게 말을 이었다.

"당금 황제가 화명군이라는 사실을 알고 있는 사람이 전무하다시피 한 상황이니까."

"그렇죠? 화명군 그놈이 황제가 된 거죠?"

벽교상이 손바닥으로 탁자를 세게 치면서 소리쳤다.

그녀가 소리치는 바람에 그 소리가 밖에까지 들렸을까 봐 신풍개와 두 여자가 깜짝 놀라서 창 쪽을 쳐다보자 벽교상은 목소리를 낮추어서 다시 물었다.

"그때 소 성협이 현도왕을 죽였다고 한 말을 내 귀로 똑똑히 들었는데 그가 황제에 즉위했다니까 이상하게 생각했었어요. 이제 보니 그렇게 된 거군요. 화명군 그놈이 황제가 된 게 틀림없죠?"

"그렇소. 아마 그자도 태 형처럼 얼굴을 마음대로 바꾸는 재주가 있는 것 같소. 그렇기 때문에 아무도 알아보지 못하는 것이오."

"빠드득! 화명군 이놈……."

벽교상은 원한 가득한 표정으로 이를 갈았다. 하지만 그녀는 곧 처연한 표정을 지었다.

"그놈을 갈가리 찢어죽이고 싶은 마음이 하늘에 닿아 있어도 나는 삼류무사조차도 당해낼 수 없는 몸이라서 어쩔 수가 없군요."

신풍개는 움찔 놀랐다. 그는 비로소 벽교상이 무공을 잃었다는 사실을 깨달았다.

하지만 거기에 대해서는 아무 말도 하지 않았다. 해봤자 그녀의 마음만 다치게 할 뿐이다.

그는 벽교상이 주루를 할 수밖에 없는 이유를 그제야 이해할 수 있게 되었다.

신풍개는 그런 모든 것들이 너무 분한 듯 주먹을 움켜쥐고 중얼거렸다.

"화명군이 가짜 황제라는 사실만 천하에 알릴 수 있어도 어떻게 해볼 수 있을 텐데…… 에잇!"

지금은 황궁에서나 백성들 모두 황제가 당연히 진짜 현도왕일 것이라고 철석같이 믿고 있는 상황이다.

더구나 화명군이 천하를 위해서 많은 선정을 베풀고 있기 때문에 태평성대가 왔다면서 백성들은 기뻐서 춤을 추고 있다. 그러므로 황제가 가짜라는 사실이 진짜라고 해도 믿고 싶지 않은 상황인 것이다.

그러나 화명군이 그러는 데에는 뭔가 꿍꿍이가 있는 것이 틀림없을 것이다.

그가 진심으로 백성을 위해서 선정이나 베풀려고 음모를 꾸며 황제가 된 것은 아닐 터이다.

만약 황제가 가짜라는 사실을 만천하에 밝힐 수만 있다면 모든 것이 변할 것이다. 그렇게만 되면 어떤 방법으로든 세력을 모을 수가 있다.

하지만 무슨 수로 그것을 밝혀낼 수 있다는 말인가.

네 사람은 밤이 새도록 술을 마시면서 열띤 논쟁도 벌이고 또 추억에 빠져 슬픔에 잠기기도 했다. 그리고 다음날 낭랑루는 문을 열지 않았다.

*   *   *

등격리산은 딱 어느 한 군데가 정상이라고 말하기 어려운 기묘한 지형을 이루고 있다.

일단 등격리산의 정상부는 이만 척(약 6060m) 정도의 높이를 형성하고 있다.

그런데 그 높이에서 정상부가 구불구불하게 곡선을 이루며 매우 길게 이어져 있고, 그 중간 중간에 봉우리들이 삐죽삐죽 솟아 있는 광경이다.

봉우리의 수는 이십 개에 달하고, 대부분 정상부에서 약 삼천 척 정도 더 높게 솟아 있었다.

유사 이래로 이곳 등격리산의 정상부까지 오른 인간은 단한 명도 없었다.

오를 이유가 없었기 때문이다. 사람들은 이득이 생기는 곳에만 가는데, 등격리산 정상에 올라봤자 아무런 이득이 생기지 않기 때문이다.

그래서 등격리산 정상부가 어떤 지형을 이루고 있는지 알고 있는 사람은 한 명도 없다.

등격리산은 만오천 척 높이에 사시사철 짙은 구름이 떠 있으며, 구름이 걷히는 날은 일 년에 불과 며칠밖에 안 되기 때문에 아래쪽에서 정상부를 볼 수 있는 기회는 거의 없다고 해도 과언이 아니다.

그러므로 등격리산 정상부 전체가 어떤 하나의 특이한 모양을 형성하고 있다는 사실은 앞으로도 영원히 신비에 감춰져 있을 것이다.

만약 등격리산 정상부를 그보다 훨씬 더 높은 하늘에서 내려다본다면 정상부 전체가 하나의 특이한 모양을 이루고 있음을 한눈에 알 수 있다.

그것은 확연하게 태극(太極)의 둥근 모양이다. 태극을 다른 말로는 천원이라고 한다.

고오.

만년설에 덮여 있는 등격리산 정상부는 고요하다. 눈보라는 보통 만오천 척 아래쪽에서 불기 때문이다.

단지 정상부는 고도(高度) 특유의 기이한 기류에 휩싸여 있을 뿐이다.

등격리산 정상부의 이십 개 봉우리들이 휘돌아서 이루고 있는 태극 형상의 중심에 하나의 봉우리가 있다. 삼라만상의 시작점이며 중심인 천원이 바로 그곳이다.

하지만 인간에 의해서 이름이 지어지지 않은 태고를 간직한 봉우리이기도 하다.

그래도 굳이 이름을 붙이자면 아마도 천원봉(天元峰)이라고 할 수 있을 것이다.

그런데 그 봉우리는 기이했다. 봉우리 아래쪽에서 올려다보면 꼭대기가 보이지 않았다.

그리고 오천여 척 높이에 또 하나의 봉우리가 거꾸로 서 있는 듯한 광경을 하고 있다.

말하자면 천원봉 위쪽 하늘에 거대한 거울이 있어서 천원봉의 모습을 그대로 비춘 듯한 광경이다.

그렇기 때문에 천원봉에는 꼭대기가 없는 것이다. 다시 말하면 천원봉 자체는 하나의 기둥처럼 하늘과 이어져 있다는 뜻이다.

지상계와 천계를 이어주는 곳. 그곳이 바로 천원봉이었다. 또한 그곳은 신의 영역이다.

그 천원봉의 정상, 아니, 원래는 천원비정혈이라는 이름을 갖고 있는 곳.

투둑. 툭.

날카롭고 커다란 이빨이 모피 이불을 슬쩍 건드리자 조각조각 잘라져 흩어졌다.

백표가 자른 모피 이불 조각을 주둥이로 흩뜨리자 태무랑의 깡마른 모습이 나타났다. 그는 여전히 깊은 혼절 속에 빠져 있었다.

도저히 인간의 모습이라고 생각할 수 없는 깡말라 비틀어진 모습이었다.

그러고도 살아 있다는 것이 기적일 정도였다. 아니, 어쩌면 그는 이미 죽었는지도 모른다.

삭. 삭.

그러자 백표가 붉고 커다란 혀를 내밀어 태무랑의 얼굴을 부드럽게 핥았다. 일개 미물인 백표의 눈빛은 더없이 부드러웠다.

"음……."

그때 오랫동안 혼절해 있던 태무랑이 거짓말처럼 미약한 신음을 흘리면서 천천히 눈을 떴다. 그러자 백표는 핥는 것을 멈추었다.

눈을 뜬 태무랑은 자신을 굽어보고 있는 백표의 얼굴을 가장 먼저 발견하였다.

하지만 조금도 놀라지 않았다. 마치 예상하고 있었다는 듯

한 표정이다. 아니, 오히려 부드러운 미소를 지으며 백표를
바라보았다.

　'네가 날 구했느냐?'

　그가 속으로만 생각한 말이지만 백표는 알아들었다는 듯
고개를 끄덕였다.

　그는 자신과 백표가 영적으로 이어져 있다는 사실을 깨어
나는 즉시 깨달았다.

　어째서 그런지는 모른다. 그리고 알고 싶지도 않다. 중요
한 것은 둘의 영감(靈感)이 교류하고 있다는 사실이다.

　'나를 일어나게 할 수 있느냐?'

　태무랑의 생각을 읽은 백표가 고개를 끄덕이더니 약간 입
을 벌렸다.

　태무랑도 따라서 입을 벌렸다. 백표가 그렇게 하라고 시켰
기 때문이다.

　그러자 백표의 입에서 은은하게 빛나는 기체가 안개처럼
흘러나와 태무랑의 입속으로 빨려 들어갔다. 그것은 마치 맑
은 하늘처럼 투명한 푸른빛이다.

　세 호흡 정도의 짧은 시간이 지나자 백표는 입을 닫았고 푸
른빛의 기체는 멈추었다.

　'고맙다.'

　구우.

태무랑의 생각을 읽은 백표는 얼굴을 그의 뺨에 부드럽게
비벼댔다.

'자, 일어나 볼까?'

태무랑이 두 손을 뻗어 백표의 튀어나온 송곳니 하나를 붙
잡자 백표는 가볍게 고개를 들어 그를 벌떡 일으켜서 우뚝 서
게 만들었다.

후스스.

그때 그가 걸치고 있던 모피 옷이 가루가 되어 흩어지며 바
닥에 떨어졌다.

그로써 그는 완전한 나신이 되었다. 가슴에 부러진 도가 꽂
혀 있고, 끔찍한 상처를 입은 데다 목내이보다 더 메말라 비
틀어진 몰골로 우뚝 서 있었다.

드으.

백표가 일어섰다. 네발을 딛고 선 백표의 등 높이는 태무랑
의 키보다 두 배 반 정도다.

태무랑은 백표 옆에 서서 전면을 쳐다보았다. 바닥은 매끄
럽고 투명해서 얼음 같았다.

하지만 맨발로 서 있는 그는 차가움을 조금도 느끼지 않았
다. 얼음이 아니기 때문이다.

그런 바닥이 끝없이 길고 넓게 펼쳐져 있었다. 좌우와 뒤를
둘러봐도 마찬가지였다.

그것 외에는 아무것도 없다. 이 세상이 오직 푸르스름한 매끄러운 바닥으로만 이루어진 듯했다.

만약 전후좌우 어느 곳을 선택해서 걸어간다면 죽을 때까지도 끝에 도달하지 못할 것 같았다.

그런데 태무랑의 시선을 끄는 것이 하나 있었다. 그것은 전방인데 하나의 기둥이 있는 듯했다.

그는 천천히 기둥을 향해 걸음을 옮기면서 기둥의 위쪽을 쳐다보았다.

기둥은 꽤 높게 솟았는데 그 꼭대기에는 그가 딛고 서 있는 바닥과 똑같은 것이 있었다. 다른 것이 있다면 그것은 뒤집어진 상태라는 점이다.

즉, 똑같은 두 개의 바닥이 서로 마주 보며 위아래에 하나씩 있는 것이다. 그리고 그것을 하나의 기둥이 연결해 주고 있는 듯했다.

그런데 원래 태무랑이 있는 곳에서 기둥까지는 꽤 먼 듯했는데 그가 막상 걸음을 옮기자 열 걸음을 걷기도 전에 기둥 앞에 도달했다.

그때 문득 태무랑은 옆에 백표가 없다는 것을 깨닫고 뒤돌아보았다.

뒤돌아보자 백표는 원래의 자리에 우뚝 서 있는데, 태무랑이 있는 곳에서 수백 장이나 멀리 떨어져 있었다.

태무랑은 백표가 기둥 가까이에는 다가올 수 없는 것이라는 생각이 들었다.

그는 다시 기둥을 쳐다보며 더욱 가깝게 다가갔다.

다가가면서 보니까 기둥은 붉은색이었다. 아니, 한 걸음 더 다가가자 누런색으로 변했다가, 다시 또 한 걸음 다가서니까 검은색으로 바뀌었다. 그 자리에 멈췄더니 바뀌지 않고 검은색이 유지되었다.

기둥의 둘레는 태무랑이 두 팔을 벌려서 안으면 열 아름쯤 될 것 같은 굵기였다.

그는 조심스럽게 기둥을 살펴보았다. 깨끗한 물처럼 투명해서 반대편이 손에 잡힐 듯이 보였다. 그것은 기둥 안에 아무것도 없다는 뜻이다.

그는 이곳이 어딘지 모른다. 하지만 본능적인 느낌 같은 것이 말해주고 있다, 이곳이 자신의 목적지라는 사실을.

두려움 같은 것은 조금도 느껴지지 않는다. 오히려 진정한 고향에 돌아온 것처럼 편안하다.

"후우……."

그는 가만히 숨을 내쉬면서 마음을 가다듬으며 기둥 안으로 들어갈 준비를 했다.

다음 순간 그는 거침없이 걸음을 옮겨 기둥으로 부딪쳐 갔다.

스으으.

아무런 방해도 없이 그의 몸이 기둥 속으로 들어갔다. 마치 옅은 안개 속으로 들어가는 듯했다.

기둥 안으로 들어선 그는 눈앞에 아래로 향한 다섯 개의 계단이 있고 그 아래에 하나의 작고 둥근 옹달샘이 있는 것을 발견했다. 기둥 밖에서는 전혀 보이지 않던 광경이다.

옹달샘에는 물이 가득 차 있으며 추호의 흔들림도 없이 너무도 고요해서 마치 얼음 같았다.

그 물은 무슨 색인지 알 수가 없다. 그가 여태까지 봐왔던 세상의 색하고는 전혀 다른 색이었다. 그런데 은은하고도 신비한 빛이 흘러나오고 있었다.

슥―

그는 이끌리듯이 계단을 내려갔다. 누가 그렇게 하라고 가르쳐 주지도 않았는데 옹달샘으로 들어가야 한다는 지시를 받은 듯했다.

스으.

그리고는 망설임없이 옹달샘으로 들어가 걸어서 세 걸음 정도 폭의 옹달샘 복판에 가부좌의 자세로 앉았다.

옹달샘은 깊지 않아서 앉으니까 배꼽 정도 찼다. 뜨겁지도 차지도 않았다. 매우 편안한 느낌이다.

지금까지 태무랑이 최고로 꼽았던 편안함은 그가 군사로

있을 때 휴가를 받아서 어머니와 동생들이 있는 고향집으로 돌아왔을 때의 기분이었다.

그런데 지금 그가 느끼는 기분은 그때의 편안함이 매우 불편했었다고 느껴질 정도다.

"아……."

너무 기분이 좋아서 그가 나직한 탄성을 흘려낼 때 어디선가 목소리가 들려왔다.

하지만 사실 그것은 목소리가 아니다. 뜻이다. 태초부터 이곳에 있었던 천원정령(天元精靈)의 뜻[意]이 그에게 전해지고 있는 것이다.

그 뜻의 '전함'에 의하면, 이곳에는 인간이 절대로 들어오지 못한다는 것이다.

인간의 눈에는 '천원경(天元境)'이나 '천원담(天元潭)'이 보이지 않아서 결코 찾을 수 없다고 한다.

인간세상에서는 '천원비정혈'이라 부르는 것의 원래 태곳적 이름이 천원경이고, 지금 태무랑이 앉아 있는 옹달샘이 천원담인 듯했다.

또 천원정령의 뜻이 전했다. 이곳 천원경에는 천상계의 천인(天人)들만이 하강하여 노닐 수 있는데, 예외가 있다면 지상계(地上界)에서 음양이나 오행에 의하여 음양인(陰陽人) 혹은 오행지체가 된 반인반신(半人半神)의 신분이라면 등경(登境)

할 수도 있으나 지금까지 그런 일은 한 번도 없었다는 것이다.

그리고 천원정령이 마지막으로 뜻을 전했다. 아니, 태무량에게 물었다.

우화등선(羽化登仙)하여 천상계로 오르겠는가, 아니면 조화지경(造化之境)에 이르러 다시 지상계로 가겠는가, 라고 말이다.

태무량은 한 번도 경험해 본 적이 없는 극상의 편안함 속에서 혼곤하게 생각했다.

'모든 것을 다 잊고 이대로 우화등선하는 것도 좋지 않겠는가? 여태까지의 일은 인간세상에서 있었던 한낱 부질없는 것이었을 뿐이다.'

우화등선하겠다는 대답이 그의 목구멍까지 차올랐을 때 갑자기 어떤 생각이 번쩍 뇌리를 스쳤다. 아니, 그것은 어떤 사람의 모습이었다.

'링아… 상아…….'

수월화와 벽교상이었다. 아니, 사실 옥령의 모습도 스쳤는데 무시해 버렸다.

그가 몸을 섞었던 여자들의 모습이 한꺼번에 동시에 중요한 순간에 떠오른 것이다.

수월화와 벽교상이 얼마나 그에게 지극정성으로 헌신했었

는지, 그리고 그와 그녀들이 서로 얼마나 사랑하고 있는지, 아주 짧은 순간에 그녀들과의 그 많은 추억들이 번갯불처럼 눈앞을 스치며 차례로 지나갔다.

그리고 그는 생각했다, 수월화와 벽교상이 있는 곳이 바로 천상계가 아니겠느냐고.

그가 대답하기도 전에 천원정령은 그의 뜻을 읽었다. 그리고 그의 뜻대로 해주었다.

……

어느 순간 그는 옹달샘, 즉 천원담 속에 깊숙이 가라앉기 시작했다.

아니, 어쩌면 그것은 떠오르고 있는 것인지도 모른다.

그리고 그는 자신이 정화(淨化)되고 또 완전(完全)해지는 것을 느꼈다.

第百一章

맹오와 군룡

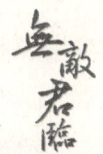

스으.

태무랑은 천원담 기둥 밖으로 나왔다.

그저 나가야겠다고 마음만 먹었을 뿐인데 그의 몸이 천원담에서 나와 둥실 뜬 상태에서 미끄러지듯이 기둥 밖으로 빠져나갔다.

그런데 그는 천원담으로 들어갈 때의 목내이보다 더 깡말랐던 형편없는 모습이 아니다.

그렇다고 목내이가 되기 이전의 모습도 아니다. 전혀 다른 새로운 모습으로 재탄생하였다.

같은 것은 천원담에 들어갔을 때나 나올 때나 알몸이라는 사실 하나뿐이다.

그 외에는 모든 것이 변했다. 물론 상처는 다 나았다. 가슴에 꽂혔던 부러진 도 역시 뽑혔는지 녹았는지 사라졌다. 그는 어느 한 군데 아픈 곳 없이 건강해졌다.

뼈에 가죽만 입혀놓은 것 같던 모습은 적당하게 살이 붙어 있는 미끈한 모습으로 변했다.

그렇다고 예전 근육질의 울퉁불퉁한 몸이 아니다. 마른 듯 호리호리하면서도 불필요한 살은 전혀 붙어 있지 않은 몸, 즉 완벽한 몸이 존재한다면 이런 몸이 아닐까 하는 몸을 갖게 되었다.

치렁치렁 허리까지 흘러내린 탐스러운 새카만 머리카락, 희면서도 은은하게 붉은색이 감도는 피부에서는 투명한 맑은 광휘가 흘러나오고 있었다.

예전에도 준수한 용모였으나 지금은 그때에 비해 훨씬 더 완벽한 미남자가 되었다.

하지만 그것뿐만이 아니다. 그 용모에는 성결함과 고결함이 어려 있었다.

석가세존의 모습이 현존한다면, 아마 태무랑의 얼굴에서 흐르는 기운이 그와 비슷할 터이다.

그의 얼굴에서는 예전에 포장된 것처럼 언제나 떠올라 있던 무표정이나 싸늘함, 분노, 살기 따위는 더 이상 찾아볼 수가 없다.

그 대신 담담함과 여유로움, 부드러움, 유유자적함이 봄바람처럼 훈훈하게 떠올라 있었다.

그는 천천히 주위를 둘러보았다. 천원담에 들어가기 전이나 달라진 것이 없었다.

하긴 한나절 남짓 들어갔다가 나왔을 뿐인데 달라질 것이 있을 리가 없다.

문득 그의 시야에 백표의 모습이 들어왔다. 백표는 그가 들어가기 전에 있었던 그 자리에 우뚝 선 그대로의 모습으로 그를 응시하고 있었다.

태무랑은 백표를 쳐다보는 순간 어느새 백표의 앞에 도달하여 멈추고 있었다.

구우.

백표는 반가운 듯 다가와서 혀를 날름거리며 태무랑의 몸을 핥았다.

태무랑은 빙그레 미소 지으며 백표의 콧등을 쓰다듬었다.

"네 덕분이다. 고맙다."

잠시 후에 그는 백표에게서 몸을 돌려 한쪽 방향으로 성큼성큼 걸어갔다.

"자. 나중에 보자꾸나."

이제 이곳을 떠나려는 것이다. 그런데 백표가 태무랑의 뒤를 졸졸 따라왔다.

"하하하! 이 녀석아, 너는 너무 커서 내가 가는 세상에는 데리고 갈 수가 없다."

태무랑이 중원에서 백표와 함께 다닌다면 큰 혼란이 일어날 것이 분명하다.

태무랑은 함께 가고 싶다는 백표의 마음을 읽고는 가볍게 웃으며 걸어갔다.

그런데 태무랑은 곧 걸음을 멈추고 뒤돌아 서서 가볍게 어이없는 표정을 지었다.

그의 앞에서 백표가 감쪽같이 사라져 버렸다. 대신 그의 발앞에 조그맣고 흰 짐승 하나가 꼬리를 살랑살랑 흔들면서 그를 말끄러미 올려다보고 있었다.

"허어… 욘석이?"

그 조그맣고 흰 짐승의 모습은 영락없이 백표와 똑같았다. 그것은 다름 아닌 백표다.

덩치가 커서 함께 가지 못한다는 태무랑의 말에 자신의 몸을 주먹만 한 크기로 줄여 버린 것이다.

방금 전까지만 해도 올려다보던 백표를 태무랑은 한 손으로 가볍게 집어 들었다.

"오냐. 같이 가자."

갓 태어난 강아지 크기의 백표는 기쁜 듯 태무랑의 손을 핥
더니 그의 팔을 타고 쪼르르 왼쪽 어깨로 올라가 그곳에 아예
자리를 잡고 앉았다.

"네 이름을 하나 지어야겠구나."

태무랑은 어느새 낭떠러지 끝에 우뚝 서서 아득히 먼 곳을
응시하며 빙그레 미소 지었다.

"소설(小雪)이 어떠냐?"

조금 전의 산처럼 큰 덩치의 백표에게는 절대로 어울리지
않는 이름이다.

꾸웅. 꿍.

백표, 아니, 소설은 태무랑의 귀를 할짝할짝 핥으면서 귀여
움을 부렸다.

*　　　*　　　*

등격리산 아래에 하나의 움막이 있다.

아니, 움막이라기보다는 바위 틈새에 모피를 펼쳐서 풍
설(風雪)을 겨우 막을 수 있는 정도에 불과했다.

밖에서 보기와는 달리 움막 안은 꽤 훈훈했다. 좌우 폭이 칠
팔 척으로 매우 좁지만, 바닥에는 두터운 모피가 깔려 있으며,
사방에는 바람 한 점 들어올 틈조차 없이 잘 막아져 있었다.

움막 안 한쪽 구석에는 한 사람이 모피 이불을 덮고 웅크린 채 잠들어 있었다.

움막 옆의 어느 넓적한 바위에는 잘 다듬은 고깃덩어리 몇 개가 널려 있었다. 아마도 햇빛에 말려서 건육으로 만들고 있는 듯했다.

오늘은 등격리산 일대에서 보기 힘들 정도로 맑고 화창한 날씨다. 눈보라는커녕 바람 한 점 없으며 하늘에도 구름 한 조각 떠 있지 않았다.

투두둑.

그때 산 위에서 몇 개의 작은 돌들이 굴러 떨어졌다.

이어서 한 사람이 날렵한 동작으로 산 위에서 아래로 경공을 전개하여 쏘아 내려왔다.

탁!

그는 허공에서 공중제비를 한 바퀴 돈 후에 움막 앞 평지에 가볍게 착지했다.

그는 두툼한 모피 옷을 입고 머리에 모피 모자를 쓰고 어깨에는 도를 멘 덥수룩한 수염투성이의 맹오인데, 등격리산 위를 올려다보면서 착잡한 표정을 지었다.

그는 틈만 나면 등격리산 정상에 오르기 위해서 도전을 해왔으나 여태껏 한 번도 성공한 적이 없었다.

지금까지 백여 차례 정도 등격리산에 올랐을 것이다. 하지만 그때마다 중간에서 포기해야만 했다. 아니, 포기할 수밖에 없는 상황이었다.

등격리산 아래에는 이렇게 날씨가 화창한데도 중간쯤 올라가면 거센 눈보라가 휘몰아치기 시작하는데, 예전에 그가 여기까지 오면서 겪었던 눈보라는 아무것도 아닐 정도로 지독한 눈보라다.

등격리산 아래의 날씨가 어떻든지 산 중턱에서부터는 무시무시한 눈보라가 휘몰아친다.

맹오는 몇 차례 그것을 뚫고 오르려고 시도를 해봤었으나 그때마다 목숨을 잃을 뻔했었다.

그곳은 거의 수직에 가까운 빙벽(氷壁)이다. 더구나 칼날처럼 날카로워서 맹오는 무시무시한 눈보라를 뚫고 오르려다가 번번이 두꺼운 모피 옷이 찢어지고 살이 찢기는 상처를 입었었다.

하지만 그보다 더 위험한 것은 눈사태와 얼음바닥의 균열(크레바스)이다.

일단 눈사태에 휩쓸리면 사람 정도는 가랑잎 같은 신세가 되고 만다.

그리고 얼음바닥을 잘못 디뎠다가 바닥이 깨지면서 깊이를 알 수 없는 균열 속에 빠지면 그것으로 세상하고는 하직을 해야만 한다.

맹오가 그토록 등격리산 정상에 오르려고 하는 이유는 당연히 태무랑 때문이다.

그는 백표가 태무랑을 물고 등격리산 정상에 있을 것이라고 추정하는 천원비정혈에 갔을 것이라고 믿기 때문에 그의 안위를 확인하기 위해서 부단히 정상에 오르려는 것이다.

그러나 오늘도 정상 도전에는 실패하고 말았다. 그는 땀범벅이 되어 거친 숨을 몰아쉬면서 위쪽을 올려다보았다. 까마득하게 높은 곳에 짙은 구름이 둘러쳐져 있는데, 그 위쪽이 바로 눈보라가 치는 곳이다.

그는 위를 바라보던 시선을 거두고 몇 걸음 걸어가서 바위 위에 널어둔 고깃덩이들을 뒤집었다. 햇빛을 골고루 받아야 좋은 건육이 될 수가 있다.

이 고깃덩이는 맹오가 어제 오후에 잡은 설마록(雪馬鹿)이라는 짐승이다.

설마록은 원주민 말로는 '꿀란'이라고 부르는데, 말과 사슴을 절반씩 섞어놓은 듯한 모습이며, 크기는 사슴보다 훨씬 커서 한 마리를 잡으면 열흘 이상은 식량으로 끄떡없다. 또한 모피는 옷이나 이불, 신발 등 여러 가지를 만드는 재료로 사용할 수가 있다.

짐승은커녕 풀 한 포기 자랄 것 같지 않은 이곳 척박한 동토(凍土)의 땅에도 알고 보니까 여러 종류의 동물들이 살고 있었다.

또한 바위 밑을 잘 살펴보면 버섯이나 키 작은 풀 종류, 그리고 이끼류 등이 꽤 자라고 있는 것을 발견할 수 있다.

맹오는 움막의 입구를 들추고 몸을 잔뜩 굽힌 채 안으로 들어갔다.

움막 안 한쪽 구석에서 모피 이불을 머리까지 뒤집어쓴 채 자고 있는 사람은 군통인데, 맹오가 온 줄도 모른 채 잠에 빠져 있다.

그러나 사실 군통은 병을 앓고 있다. 무공을 모르는 그가 둥격리산까지 따라온 것도 기적 같은 일인데, 이런 척박한 환경에서 지내다 보니까 병을 얻게 된 것이다.

하지만 맹오로서는 병명도 모르기 때문에 어떻게 손을 써 볼 재간이 없다.

또한 설혹 병명을 안다고 해도 이곳에서는 약재를 구할 수조차 없으므로 어찌해 볼 도리가 없어서 그냥 지켜보면서 낫기만 바라고 있는 형편이다.

그렇다고 해서 맹오는 아픈 군통을 데리고 이곳을 떠나고 싶은 생각은 추호도 없다.

솔직히 군통보다는 태무랑의 안위가 훨씬 더 걱정이 되기 때문이다.

군통을 나 몰라라 하는 것은 아니지만, 내우외환을 겪고 있는 맹오로서는 어쩔 도리가 없는 상황이다. 군통이냐 태무랑 이냐를 묻는다면 길게 생각할 것도 없이 태무랑을 선택할 것 이다.

그는 군통에게 다가가서 모피 이불을 살짝 걷고 이마에 손 을 대보았다가 움찔 놀랐다.

머리가 불덩어리 같았다. 이런 추위 속에서 몸이 이처럼 뜨 겁다는 것은 감기라는 얘기다.

하지만 딱히 그렇지도 않다. 그의 얼굴에 다닥다닥 난 부스 럼을 보면 꼭 감기라고는 할 수 없는 것이다. 그래서 맹오는 군통이 무슨 풍토병(風土病)에 걸렸을 것이라고 막연하게 짐 작하고 있을 뿐이다.

맹오는 군통의 이불을 잘 덮어주고는 나직이 한숨을 쉬면 서 움막 밖으로 나왔으나 가슴이 무거웠다.

태무랑은 어떻게 되었는지 알 수도 없는 상황인데, 군통은 병에 걸려서 시름시름 앓고 있으니 착잡한 마음을 떨칠 수가 없다.

'설마……'

이따금씩 불쑥 불쑥 떠오르는 그 생각이 그의 머리에 또다 시 떠올랐다.

군통 말대로 태무랑이 그 당시에 백표에게 잡아먹힌 것이 아닐까 하는 것이다.

'말도 안 되는 소리!'

그는 세차게 고개를 가로저어서 머릿속의 잡념을 떨쳐 버리려고 했다. 머릿속에 시도 때도 없이 불쑥 불쑥 떠오르는 생각만큼은 그도 어쩔 수 없으나 그는 그것마저도 통제하려고 애썼다.

"……."

그때 그는 무엇인가를 발견하고 움찔했다. 널따란 바위에 널어둔 고깃덩이가 잠깐 사이에 절반이나 없어져 버려서 재빨리 하늘을 쳐다보았다.

이따금 독수리가 널어둔 고깃덩이를 훔쳐 먹는 경우가 있었기 때문이다.

하지만 하늘에는 독수리는커녕 까마귀조차 한 마리도 보이지 않았다.

그가 하늘을 보다가 다시 바위를 볼 때 바위 뒤쪽에서 희고 작은 물체 하나가 쪼르르 위로 올라오는가 싶더니 고깃덩이 하나를 갖고는 다시 바위 뒤로 쏙 사라졌다.

그 동작이 워낙 빨라서 맹오는 그 물체가 무엇인지 미처 보지도 못했다.

그가 급히 바위 뒤로 돌아가 보니까 그 물체가 자기 몸집만한 고깃덩이를 게걸스럽게 먹고 있는 것이 아닌가.

맹오가 보기에 그 물체는 흰 고양이 같았다. 그런데 한 가지 놀라운 것은, 그 고양이가 자기 몸집만 한 고깃덩이를 씹는 것 같지도 않게 입에 와구와구 쑤셔 넣는가 싶더니 단번에 꿀꺽 삼켜 버렸다.

이어서 흰 고양이는 새빨간 혀를 내밀어 입 주변을 한 번 핥더니 다시 바위 위로 쪼르르 기어올라 고깃덩이 하나를 집어 다시 바위 뒤로 갖고 와서 먹기 시작했다.

맹오가 빤히 보고 있는데도 흰 고양이는 전혀 모르는 듯 또다시 순식간에 고깃덩이 하나를 먹어치우고는 이번에는 아예 바위 위로 올라가 그곳에 자리를 잡고 앉아서 나머지 고깃덩이들을 먹어치우기 시작했다.

맹오는 너무 어이가 없고 기가 막혀서 가만히 서서 지켜만 보다가 문득 흰 고양이를 어디선가 본 것 같다는 생각이 들었다.

'백표?'

그러다가 번쩍 생각났다. 흰 고양이는 예전에 봤던 백표의 모습과 똑같았다.

그러나 그는 곧 고개를 가로저었다. 그때의 백표는 덩치가 작은 언덕만 했는데 이것은 주먹만 하지 않은가. 이것이 그 백표일 리가 없다.

맹오는 고깃덩이를 먹느라 정신이 없는 흰 고양이를 잡아야겠다고 생각하고 바짝 다가들며 손을 뻗었다.

"나 같으면 그 녀석을 건드리지 않겠다. 맹오."

"헉!"

그때 느닷없이 등 뒤에서 잔잔한 목소리가 들려오자 맹오는 소스라치게 놀랐다.

그는 평소에 놀라는 성격이 아니지만 이곳에는 자신과 군통밖에 없다고 생각하고 있는 터에 전혀 다른 사람의 목소리가 그것도 바로 등 뒤에서 들리니까 놀랄 수밖에 없었다. 더구나 그 목소리는 맹오의 이름까지 불렀다.

다급히 뒤돌아보면서 오른손으로 어깨의 도파를 잡던 그는 한순간 경악하고 말았다.

"……."

그의 눈앞에는 벌거벗은 한 물체가 서 있었다. 처음에 그는 그것이 사람이라는 생각이 들지 않았다. 사람이라면 몸에서 신비로운 기운의 은은한 광채가 흘러나오지 않을 것이기 때문이다.

그러나 잠시 후에 그는 그것이 사람의 형체를 하고 있다는 것과 사타구니에 음경이 있는 것을 보고 남자일 것이라고 추측했다.

만약 음경을 보지 못했다면 사람이되 남녀의 성별을 알지 못했을 것이다.

정신이 혼란해서 젖가슴을 보고 남녀를 분별할 수 있다는 생각은 미처 하지 못했다.

맹오는 도파를 잡았던 손을 내리고 자신도 모르게 자세를 똑바로 하며 경건한 표정을 지었다.

"누구… 십니까?"

나타난 사람이 악한 마음을 품고 있을 것이라는 생각은 터럭만큼도 들지 않았다.

세상에서 가장 악독한 악인이라고 해도 부처의 모습을 하고 있는 신비한 사람을 보고는 절대 그런 마음을 품지 않을 것이기 때문이다.

맹오는 그를 보는 동안에 자신이 한없이 초라한 존재라는 것과 상대가 더없이 숭고한 존재라는 생각이 자신도 모르게 들었다.

"나다, 맹오. 모르겠느냐?"

"……?"

맹오는 그가 다시 한 번 자신의 이름을 부르는 소리를 들으면서도 그가 태무랑일 것이라는 생각은 꿈에조차 하지 못하고 있었다.

맹오가 태무랑의 원래 모습을 처음 본 것은 현도왕가 담 밖에서 중상을 입은 그를 구할 당시였다.

그 이후 태무랑은 급속도로 건강이 악화되어 가면서 모습도 빠르게 목내이로 변해갔었다.

그렇기 때문에 맹오의 기억에 남아 있는 태무량의 모습은 목내이보다 더 형편없는 모습이 거의 전부다.

하지만 맹오가 설혹 태무량과 헤어지기 직전까지 그의 원래의 모습을 충분히 봤다고 해도, 지금의 태무량에게서는 예전의 모습이 약간밖에 남아 있지 않아서 쉽게 알아보지 못했을 것이다.

더구나 맹오는 태무량의 원래 목소리를 전혀 들은 적이 없었다. 목내이 상태에서 모깃소리처럼 가느다란 목소리만 들었기 때문에 지금 태무량의 목소리를 알아듣는 것도 무리가 따른다.

"저를… 아십니까?"

그래서 그는 놀라면서도 어정쩡한 표정으로 물었다.

태무량은 빙그레 미소를 지었다.

"하하. 맹오, 나 태무량이다."

"……"

맹오는 말을 잃었다. 목내이 모습과 눈앞의 선인 같은 태무량의 모습이 일치가 되지 않았다.

그런데 그의 생각하고는 달리 울컥 하고 뜨거운 그 무엇이 맹오의 가슴속에서 솟구쳐 올랐고, 눈이 축축해졌다. 정신보다 몸이 먼저 반응을 하는 것이다.

"정… 말…… 대협이십니까?"

"그래."

어느새 맹오의 뺨을 굵은 눈물이 흐르면서 적시고 있었다. 그는 눈앞에 벌어진 일이 너무나 꿈만 같아서 자꾸만 자신의 뺨을 꼬집고 눈을 껌뻑거리면서 태무랑의 모습을 보고 또 쳐다보았다.

"대협……."

이윽고 그는 태무랑을 향해 그 자리에 천천히 무릎을 꿇고 큰절을 올렸다.

"대협의 생환을 경하드립니다……."

태무랑은 빙그레 미소 지으면서 고개를 끄덕이다가 움막을 쳐다보았다.

"군통은 저 안에 있느냐?"

"그렇습니다."

맹오는 일어서며 얼굴이 어두워졌다.

"병을 얻어서 오랫동안 누워 있습니다."

"오랫동안?"

"벌써 넉 달째입니다."

"넉 달이라고?"

태무랑은 어이없다는 표정을 지었다.

"겨우 한나절 남짓 다녀왔는데 넉 달이라니……."

그는 그제야 천원경에서의 시간과 인간세상에서의 시간이

다르다는 것을 깨달았다.

맹오는 어리둥절한 표정을 지었다.

"한나절이라뇨? 대협께선 일 년 만에 돌아오셨습니다."

"벌써 일 년이 지났는가."

맹오는 태무랑이 농담을 하는 것이라고 여겼다. 한나절이
일 년일 수는 없는 것이다.

하지만 어쨌든 맹오는 기뻤다. 너무 기뻐서 덩실덩실 춤이
라도 추고 싶은 심정이다.

태무랑의 모습을 보니까 상처가 완전히 나은 것이 분명했
다. 아니, 뭔가 기연을 얻은 듯한 모습이다.

그때 태무랑이 움막을 향해 걸어갔다. 맹오는 그가 한 걸음
내디뎠다고 여긴 순간 어느새 움막 앞에 도달해 있는 것을 발
견하고 깜짝 놀랐다.

파아—

그리고는 움막이 갑자기 확 벗겨지더니 순식간에 아스라
이 날아가 버렸다.

아니, 그것만이 아니라 움막 안에서 웅크려 자고 있던 군통
을 덮고 있던 모피 이불까지 날아갔다.

맹오는 어떻게 된 영문인지 몰라 주춤주춤 태무랑 뒤쪽으
로 걸어가면서 눈을 휘둥그렇게 떴다.

그때 서 있는 태무랑으로부터 청명하고 투명한 한 줄기 기

운이 군통에게 스르르 뿜어져 빠르게 날아가더니 군통에게 흡수되었다.

"아…… 움!"

그러자 잠시 후에 얼굴이 온통 수염투성이인 군통이 마치 한숨 잘 자고 일어나는 것처럼 한껏 기지개를 켜면서 늘어지게 하품을 했다.

그는 부스스 일어서다가 태무랑을 발견하고 움찔 놀랐다.

"누구… 십니까?"

그 역시 첫눈에 태무랑의 초범함을 느끼고 최대한 공손하게 예의를 갖추었다.

맹오는 조금 전에 태무랑이 군통에게 불어넣어 준 기운이 무엇인지 모르지만 그것으로 인해서 군통의 병이 나았을 것이라고 생각했다.

그는 급히 군통에게 달려가서 그의 머리를 눌렀다.

"군통! 대협이시다! 어서 예를 갖추어라!"

"에엣?"

군통은 감히 태무랑의 얼굴도 쳐다보지 못하고 펄쩍 엎어지며 절을 올렸다.

맹오는 태무랑이 백표에게 물려서 어디론가 사라진 이후부터 지금까지의 일들을 자세히 설명했다.

그 당시에 어렵사리 등격리산 아래까지 도착한 두 사람은 우선 하룻밤을 푹 쉬고 다음날 아침에 등격리산 정상에 도전했었다.

그러나 군통 때문에 몇백 장 오르지도 못하고 실패하여 다시 내려와야만 했다.

다음날 맹오는 다시 등격리산에 올랐으나 한나절 만에 기진맥진해서 내려왔다.

그래서 그는 장기전이 될 것이라고 예상하여 그에 대한 준비를 갖추었다.

우선 두 마리 모우를 죽여서 가죽으로 움막을 만들고 고기는 말려서 건육으로 만들어 식량을 비축했다.

모우가 없으면 어떻게 사람들이 사는 곳까지 돌아가는가 하는 것은 나중 문제였다. 그 당시에는 어떡하든지 태무랑을 찾는 것이 급선무였다.

그리고는 그때부터 며칠에 한차례씩 등격리산 정상에 도전하면서 움막에서의 생활이 시작되었다.

모우 고기가 떨어지자 맹오는 멀리까지 가서 설마록과 산양 따위를 잡아왔고, 군통은 근처에서 버섯이나 이끼류 등을 채취해서 식량에 보탰다.

"용케 일 년이나 나를 기다렸구나."

바위에 가부좌로 앉은 태무랑은 가볍게 고개를 끄덕이며

맹오와 군통을 쳐다보았다.

태무랑 앞에 나란히 서 있는 두 사람은 지난 일 년 동안의 고생 같은 것은 벌써 까맣게 잊은 듯 감개무량하면서도 연신 싱글벙글 웃는 얼굴이다.

그것보다도 두 사람은 태무랑이 가부좌의 자세를 취하고 있지만 실상은 바위에 앉은 것이 아니라 바위에서 반 자쯤 허공에 떠 있는 것을 보면서 신기함과 감탄을 금치 못하고 있었다.

"너희들, 고맙구나."

태무랑이 치하를 하자 맹오와 군통은 펄쩍 뛰듯이 놀라며 마구 두 손을 휘저었다.

"그, 그런 말씀 마십시오! 대협!"

"소인들에게 그렇게 말씀하시면 섭섭합니다요!"

태무랑은 빙그레 엷은 미소를 지었다.

"너희에게 작은 보답을 해주고 싶구나."

그러자 두 사람은 또다시 두 손을 마구 휘저으면서 발광이라도 하듯이 그러지 말라고 만류했다.

"흠. 너희의 뜻이 정 그러하면 그만두마."

태무랑은 아무렇지도 않은 듯 하늘을 보며 중얼거렸다.

"세상에 나가면 아무도 너희를 괴롭히지 못하게 만들어주려고 했더니…… 음."

맹오와 군통은 움찔했다. '아무도 괴롭히지 못한다' 라는 말이 두 사람의 뇌리를 관통한 것이다. 그게 사실이라면 실로 굉장한 것이다.

개방의 사결제자라면 무림에서는 일류고수 수준이라고 할 수 있다.

하지만 무림에는 워낙 고강한 자들이 모래알처럼 많아서 걸핏 하면 동네북처럼 두들겨 맞고 다니기를 밥 먹듯이 했던 맹오가 아니었던가.

더구나 군통은 맹오에 비할 처지가 아니다. 오죽하면 거지 왕초가 됐겠는가.

부모가 누군지도 모르는 고아가 거지로 살아오면서, 남에게 두들겨 맞은 회수로 친다면 끼니를 먹은 회수보다 훨씬 더 많을 것이다.

그러므로 '아무도 괴롭히지 못한다' 라는 것은 그에게 더욱 절실한 소원일 터이다.

"흐으윽!"

그때 갑자기 군통이 소스라치게 놀라면서 펄쩍 뛰며 두 팔을 들어 올렸다.

그러더니 두 팔을 마구 휘저으면서 이리저리 경중경중 뛰며 야단법석을 떨어댔다.

"으아앗! 뜨거! 앗! 차가워!"

"군통! 왜 그러느냐?"

맹오는 놀라서 군통에게 다가가며 소리쳤다.

"으아아! 오대가! 살려주세요!"

콱!

군통은 너무 고통스러운 나머지 두 손으로 맹오의 양쪽 어깨를 덥석 잡으며 비명을 질렀다.

"으왓! 저리 갓!"

퍽!

그 순간 맹오가 혼비백산하여 엉겁결에 주먹으로 군통의 가슴을 힘껏 내질렀다.

하지만 군통은 뒤뚱거리면서 두 걸음 물러났을 뿐 추호도 고통스러워하지 않았다.

"너……."

맹오는 어리둥절하면서도 믿을 수 없다는 표정으로 군통을 쳐다보았다.

자신이 무심코 전력으로 일격을 가격했는데도 군통이 단지 두 걸음만 물러난 데다 조금도 아프지 않은 표정을 짓고 있기 때문이다.

맹오가 알고 있는 군통이라면 이것은 절대로 일어날 수 없는 일이다.

맹오가 전력을 다하지 않고 대충 한 대만 때려도 군통은 어디 한 군데 뼈가 부러져야 당연하기 때문이다.

그즈음 군통은 더 이상 고통스러워하지 않았다. 대신 갑자기 이번에는 맹오가 고통스러운 신음을 토해냈다.

"크으으. 도대체 이게 무슨……."

어찌 된 일인지 그의 왼쪽 어깨의 모피 옷이 활활 불타고 있었고, 오른쪽 어깨는 꽁꽁 얼어서 고드름이 주렁주렁 매달려 있었기 때문이다.

맹오는 경악하는 표정으로 군통을 쳐다보았다.

"너… 내게 무슨 짓을 한 것이냐?"

"으으. 오대가… 저도 모릅니다……."

군통은 자신의 두 손을 들고 번갈아 쳐다보면서 당황하여 어쩔 줄을 몰랐다.

그가 한 일이라고는 조금 전에 두 손으로 맹오의 양어깨를 붙잡은 것뿐이었다.

그런데 단지 그것만으로 맹오에게 이런 일이 일어났다는 것은 이해할 수 없는 일이다.

푸스스.

그때 맹오의 불타는 왼쪽 어깨의 불이 꺼졌고, 얼어붙었던 오른쪽 어깨도 원상태로 돌아왔다. 그것을 보고 맹오는 더욱 놀라고 어리둥절했다.

순간 그는 뭔가 떠오르는 것이 있어서 급히 태무랑을 쳐다보았다. 방금 일어난 일에 태무랑이 연관되어 있다고 직감한 것이다.

즉, 군통이 갑자기 괴로워서 펄쩍펄쩍 뛰고, 맹오 자신의 양어깨에 불이 붙고 얼음이 얼었다가 잠깐 사이에 다시 원상태가 된 일이 말이다.

태무랑은 온화한 미소를 지었다.

"나는 방금 군통의 양팔에 각각 음양지기를 넣어주었다. 그러므로 이후 군통은 마음먹기에 따라서 양손으로 음양지기를 발출할 수 있을 것이다."

맹오와 군통은 혼비백산하여 얼굴이 경악으로 물들었다. 놀랄 일이 한두 가지가 아니다.

도대체 태무랑이 언제 군통의 양팔에 음양지기를 주입시켰으며, 어떻게 그럴 수가 있는지, 더구나 무공의 무 자도 모르는 군통이 양손으로 음양지기를 발출할 수 있다는 사실이 도저히 믿어지지 않았다.

하지만 태무랑이 농담을 할 리가 없다. 더구나 조금 전에 군통이 잡았던 맹오의 양쪽 어깨에 불이 붙고 얼어버린 것을 똑똑히 봤었지 않은가.

맹오는 군통의 두 팔을 쳐다보았다. 군통도 자신의 양팔을 보면서 마치 귀신에 홀린 듯한 표정을 짓고 있었다.

태무랑은 아무 말도 하지 않고 엷은 미소만 지으며 바라보고 있었다.

이어서 맹오와 군통은 서로의 얼굴을 쳐다보았다. 군통은
이걸 어떻게 하면 좋으냐는 표정이고, 맹오는 어디 뭔가 한
번 시험을 해보라는 표정이다.

군통은 마른침을 꿀꺽 삼키고는 자신의 오른팔을 뚫어지
게 쏘아보면서 천천히 들어 올렸다.

하지만 어떻게 해야 하는지 알 수가 없어서 오른팔을 가만
히 들고만 있었다.

"손바닥을 펼치고 힘을 줘봐라."

그래야지만 음양지기의 무엇이라도 손바닥을 통해서 뿜어
질 것이라고 생각한 것이다.

"끙!"

맹오의 말에 군통은 오른팔에 불끈 힘을 주었다. 하지만 아
무 변화도 일어나지 않았다.

"생각을 해봐."

"무슨 생각을?"

"불을 뿜겠다는 생각……."

화르륵!

퍽!

"우왓!"

그 순간 군통의 오른 손바닥에서 시뻘건 불길이 갑자기 확

뿜어져 나와 그 앞에 마주 보고 서 있는 맹오의 가슴에 불이
붙었다.

"으아―!"

맹오는 몸 앞쪽이 온통 불길에 휩싸여 바닥을 뒹굴면서 불
을 끄느라 난리법석을 피웠다.

그러나 불은 곧 꺼졌다. 그는 멋쩍은 듯 일어나면서 태무랑
을 쳐다보았다.

맹오는 빙그레 엷은 미소를 짓고 있는 그가 불을 꺼주었을
것이라고 짐작했다. 당연히 그가 어떤 수법으로 불을 껐는지
는 알지 못한다.

군통은 겁먹은 상태에서도 신기한 듯 자신의 오른손을 이
리저리 살펴보느라 맹오가 어떻게 됐는지는 관심도 없다. 그
러다가 맹오를 보면서 다가왔다.

"오대가, 이번에는 왼손을 해볼까요?"

"또 내게 뿜어내면 죽여 버리겠다."

맹오는 얼른 피하면서 으르딱딱거렸다.

군통은 하나의 바위를 향해 왼 손바닥을 활짝 펼치고는 끙
끙거렸다. 팔에 힘을 주면서 얼음을 뿜어내려는 생각을 하려
는 것이다.

슈아아―

퍼어―

순간 그의 손바닥에서 흐릿한 안개 같은 기운이 일직선으로 뿜어지더니 바위 윗부분에 적중되었다.

그런데 바위 윗부분이 금세 꽁꽁 얼어붙으며 고드름이 주렁주렁 매달리는 것이 아닌가.

"으으……."

군통은 자신이 행한 일 때문에 공포에 질리면서도 기분이 몹시 좋은 묘한 표정을 지으며 몸을 부르르 떨었다. 그는 이 것이 현실이라는 생각이 들지 않았다.

지금 그가 발휘하고 있는 능력은 과거 태무랑이 극양지기와 극음지기를 발출했던 것에 비해서 크게 못 미치는 음양지기 정도의 수준이다.

하지만 절정고수를 만나지 않는 한 그 정도만으로도 충분히 자신의 앞가림을 할 수 있을 터이다.

"흐익! 으히익? 으헤헤!"

화르륵!

슈아아—

군통은 한동안 반쯤 실성한 사람처럼 이리저리 돌아다니면서 양팔을 휘두르며 불기둥과 얼음기체를 마구 뿜어내어 보이는 모든 것들에 불을 붙이고 얼음으로 만들면서 희희낙락했다.

그러다가 어느 순간 더 이상 불기둥과 얼음기체가 뿜어지지 않게 되자 어리둥절해서 온 힘을 짜내느라 끙끙거리며 두 팔을 마구 휘둘렀다.

"음양지기가 고갈된 게다."

그때 태무랑이 조용히 일러주었다.

"에엣? 그, 그럼 이제 끝입니까요?"

군통은 소스라치게 놀랐다.

"몸에 지니고 있는 음양지기를 모두 사용하고 나면 다시 가득 채워줘야 한다. 채우는 방법을 운공조식이라고 하는데 가르쳐 주마."

"아… 그렇군요."

군통은 이해했다는 듯 고개를 크게 끄덕였다.

"밥을 먹어야지만 똥이 나오는 것과 같은 이치로군요?"

제 딴에는 대단한 이치를 깨달은 군통이 자신에게 어울리는 비유를 했다.

맹오는 군통을 부러운 듯이 바라보았다. 태무랑이 뭔가 보답을 하겠다고 했을 때는 펄펄 뛰면서 그러지 않아도 된다고 사양했던 그다.

하지만 막상 군통이 엄청난 보답을 받은 것을 보고는 인간인 이상 부럽지 않을 수가 없다.

태무랑이 군통에게 운공조식에 대해서 가르치는 동안 맹오는 그를 힐끗거리면서 자신에게는 언제 무슨 '보답'을 주나 목을 길게 빼고 기다렸다.

　그러면서도 만약 보답을 해주지 않으면 어쩌나 하고 온갖
걱정이 늘어졌다.

第百二章
남경실연(南京失戀)

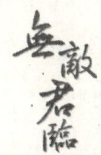

태무랑은 여전히 바위 위에 가부좌의 자세를 하고 허공에 뜬 상태로 앉아 있었다.

그리고 그 앞 일 장 거리에 맹오가 마주 보고 우뚝 서 있는데 몹시 긴장하는 표정이다.

그도 그럴 것이 이제는 태무랑이 맹오에게 예의 '보답'을 줄 차례이기 때문이다.

"준비됐느냐?"

"네, 넷!"

태무랑의 조용한 말에 맹오는 바짝 긴장해서 필요 이상으로 목청을 높여 크게 대답했다.

퍼퍼퍼퍼퍼퍽!

그 순간 보이지 않는 무형의 기운들이 맹오의 몸 앞면 수십 군데 혈도를 한꺼번에 격타했다.

물론 태무량은 손 하나 까딱하지 않았다. 그는 단지 생각을 할 뿐이다. 그러면 사물이 그의 뜻에 따라 움직여 주었다.

"흐악!"

맹오는 느닷없이 몸 앞면이 완전히 해체되는 끔찍한 고통을 느끼고는 처절한 비명을 지르면서 비틀거리며 뒤로 물러났다.

퍼퍼퍼퍼퍽!

"으아악!"

그런데 이번에는 그의 몸 뒷면 수십 군데 혈도에 역시 무형지기가 일제히 적중되자 그는 더욱 구슬픈 비명을 지르며 허공으로 붕 떠올랐다가 바닥에 내동댕이쳐졌다.

쓰러진 그는 뭐라고 설명할 수 없을 정도의 극심한 고통이 온몸을 엄습하는 것을 느끼면서 그대로 혼절해 버렸다. 고통을 이기지 못한 것이다.

그로서는 혼절하는 편이 나았다. 그다음에 이어진 고통은 그보다 훨씬 지독한 것이었으므로.

퍼퍼퍼퍼퍽!

우드득! 뚜둑! 뻐거걱!

그런데 쓰러진 그의 몸에서 기이한 음향이 마구 터져 나오면서 이상한 일이 벌어졌다.

그의 온몸의 모든 뼈마디가 부러지고 부딪치며 꺾였으며, 온몸 백여 곳 이상의 혈도들이 불쑥 솟았다가 가라앉기를 거듭하고 있었다.

그뿐 아니라 온몸 땀구멍에서 새카맣고 찐득찐득한 액체가 꾸역꾸역 흘러나왔다.

그가 입고 있던 모피 옷은 이미 갈가리 찢어져 흩어져서 알몸이나 다름없는 상태다.

군통은 맹오에게서 오 장쯤 떨어진 곳 어느 바위 위에 가부좌를 틀고 앉아서 태무랑에게 배운 운공조식을 하고 있는 중이기 때문에 주위에서 무슨 상황이 벌어지고 있는지 아무것도 모르고 있다.

*　　　*　　　*

남경 하관포구.

두 척의 배가 방금 도착하여 일꾼들이 포구에 부지런히 물건들을 하역하고 있다.

한 척의 배는 조금 큰데 삼각 깃발에 '금오'라고 적혀 있고, 작은 배의 깃발에는 '망랑(望郞)'이라고 적혀 있었다.

포구에 빼곡하게 늘어선 배들은 거의 장사꾼들의 배, 즉 상선이며 이 두 척의 배 역시 상선인 듯 갖가지 형태의 상자와 짐 꾸러미들이 배의 갑판에 그득하게 실려 있다.

상선 금오에서는 다섯 사내의 모습이 보였다. 그들은 다름 아닌 고구려인 연풍과 울금, 발탄 등이며 쉬지 않고 배에서 포구로 짐을 날라서 옮기는 중이다.

한겨울인데도 사내들은 얇고 짧은 옷을 입었으며 울퉁불퉁한 근육질 몸에서 땀이 비 오듯이 흘렀고 머리와 몸에서 허연 김이 무럭무럭 피어올랐다.

다섯 명의 고구려사내가 남경 하관포구에서 장사를 시작한 지 어언 이 년이 넘었다.

현재 그들의 상점인 금오상단(金烏商團)은 이 바닥에서 완전히 자리를 잡은 상태다.

금오상단은 하관포구 전체에서 십대상단(十代商團)에 꼽힐 정도로 괄목할 만한 성장을 이루었다.

금오상단은 아직까지는 중원의 국내 무역에 주력을 하고 있으나 멀지 않은 장래에 가까운 해외로 상권을 넓힐 계획을 갖고 있다.

금오상단이 보유하고 있는 배만도 무려 열다섯 척이다. 게다가 그 배들은 모두 거선들로서 천하 각처에서 특산물들을 실어 나르고 있다.

그런데도 연풍 등이 여전히 제일 작은 금오를 타고 다니는 이유는 그 배에 제일 애착이 가기 때문이다. 금오는 금오상단의 일종의 지휘선이다.

오늘날의 금오상단이 있기까지 일등공신이 바로 금오다. 이 작은 배로 장강 상, 하류를 오가면서 숱한 이문을 남겼다. 이 년여 전에 태무랑이 사준 금오가 아니었으면 오늘날의 금오상단은 존재하지 않았을 것이다.

또한 언제 붙잡혀서 처형을 당할지 모르는 한 치 앞을 기약하지 못하는 도망 다니는 노예 신세였던 고구려인들 역시 태무랑이 구해주지 않았더라면 지금쯤 어떤 운명이 됐을지는 짐작하는 것조차도 암담하다.

금오 옆에 정박한 배 망랑에서는 단 두 명의 사내가 짐을 부리고 있다.

그들은 다름 아닌 형구와 우경도다. 그들이 배 이름을 '망랑'이라고 지은 이유는 '언제까지나 태무랑을 기다린다'는 한 가지 맹세를 품고 있기 때문이다.

태무랑의 현도왕가 공격 이후에 무림에, 아니, 천하에는 거대한 대변혁이 일어났다.

그리고 이들은 자신들이 아무에게도 의지할 곳 없는 신세가 돼버렸다는 사실을 깨닫게 되었다.

어떤 정보도, 어떤 소식도 이들에게까지 닿지 않았다. 그것은 이들이 남경 하관포구 앞 장강에 떠 있었기 때문에 태무랑이나 그의 측근들에게 일어난 일들을 까맣게 모르고 있었다는 뜻이다.

단지 남경에서 그 후에 벌어진 일들에 대해서는 어느 정도 알고 있다.

무령왕가가 풍비박산됐으며, 철화천궁 남경지부와 개방 남경분타가 쥐새끼 한 마리 남김없이 깡그리 도륙을 당했다는 사실 같은 것들이다.

누가 그랬는지도 모른다. 다만 그 일에 관(官)이 개입됐다는 짐작만 하고 있을 뿐이다.

왜냐하면 그 당시에 수만의 군사들과 정체를 알 수 없는 수천 명의 무림고수들이 남경에 들이닥쳐서 무령왕가와 철화천궁 남경지부, 개방 남경분타 등을 청소하듯이 도륙하는 광경을 목격했기 때문이다.

그래서 형구와 우경도는 필경 태무랑 신변에 무슨 일이 일어난 것이라고 추측했다.

그렇지 않고는 그런 일이 벌어질 리가 없다. 태무랑이 두 눈을 시퍼렇게 뜨고 있는데 어찌 무령왕가 등이 피로 물들여질 수 있다는 말인가.

세상이 변했다. 아니, 천지개벽이 일어났다. 그 와중에 형구와 우경도는, 아니, 옥령과 천자필사 미봉까지 네 사람은 우선 금오상단의 연풍에게 일신을 의탁했다.

하지만 그런 선택을 한 것은 자신들의 일신의 안전과 생활을 위해서만은 아니다.

이들 네 사람은 오로지 하늘처럼 믿고 따르던 태무랑을 기다리려는 목적만을 가슴에 품고 있다. 그러므로 그가 돌아올 때까지 이곳 하관포구에서 숨죽인 채 웅크리고 있을 여건이 필요했던 것이다.

그렇다고 해서 이들은 빈둥거리면서 무위도식하는 것은 적성에 맞지 않았다.

연풍 등은 아무것도 하지 말고 편히 쉬라고 극구 말렸으나 이들은 부득부득 자신들의 배를 몰고 연풍의 금오를 따라다니면서 장사를 돕고 있다.

옥령과 미봉도 망랑을 타고 언제나 함께 다닌다. 옥령은 주방 일을, 미봉은 배의 청소 같은 것을 도맡아서 하며 조금이라도 일손을 거들려고 애를 쓴다.

그렇게 오랜 세월이 흐르는 동안 이들 네 사람의 결속은 금석처럼 단단해졌다.

"령 언니! 봉 언니! 빨리 나와요!"

금오에서 내린 연풍의 딸 연지가 망랑 배 아래에서 짤랑짤

랑한 목소리로 두 여자를 불렀다.

망랑의 네 사람이 금오와 함께 장사를 다니면서부터 연지와 옥령, 미봉은 친해졌다.

연지는 금오에서 주방 일을 도우면서 따라다니기 때문에 옥령, 미봉하고 만나는 일이 잦았고 그러다 보니까 자연스럽게 친해진 것이다.

잠시 후에 외출복 차림의 옥령과 미봉이 망랑의 발판을 밟으며 내려오는 것을 보고 연지가 쪼르르 달려가 두 여자의 손을 잡으며 반가워했다.

외출복이라고는 하지만, 옥령과 미봉이 예전에 입었던 최고급 옷에 비하면 최하급에도 미치지 못하는 수준이다. 하지만 그녀들에겐 한 벌밖에 없는 소중한 외출복이다.

"늦었잖아요. 어서 가요."

연지는 가운데에서 두 여자의 손을 잡고 거리 쪽으로 이끌며 재촉했다.

근래 들어서 이들 세 여자는 한 번 원거리 운항을 다녀오면 꼭 셋이서 성내에 구경을 다니는 습관이 생겼다. 그것은 순전히 연지의 성화 덕분이다.

처음에 옥령과 미봉은 마뜩치 않게 여겼었으나 지금은 그럭저럭 어울리고 있다.

예전의 옥령과 미봉은 자신들의 독특한 생활 여건 때문에 사람들이 북적거리는 성내나 저잣거리 같은 곳에 다녀본 적이 없었고 다닐 엄두를 내지 못했었다.

그런데 연지를 따라나선 이후 두 여자는 많은 새로운 것들을 눈으로 보고 직접 겪으면서 매우 신기하게 여겼다. 마치 견물을 넓히는 듯한 기분이었다.

또한 성내의 사람들이 자신들에게 전혀 신경을 쓰지 않는다는 사실을 알게 되었다. 그들의 시선은 단지 옥령과 미봉, 연지 등이 너무 아름답기 때문이다.

성내로 나서기 전에 연풍과 형구는 각각 연지와 옥령, 미봉에게 은자 열 냥 정도를 넉넉하게 용돈으로 주기 때문에 성내에서 마음에 드는 노리개라든가 머리장식 같은 것을 사는 데 재미를 붙일 수가 있었다.

태무랑으로 인해서 마음의 큰 상처를 입은 옥령과 미봉에게는, 어쩌면 연지와 함께 성내로 나들이를 하는 것이 유일한 위안일지도 몰랐다.

그런데 연지의 손을 잡고 걸어가는 미봉의 걸음걸이가 눈에 띄게 둔하다.

더구나 한 손으로 살짝 배를 안듯이 떠받치고 있는 모습이 이채롭다.

그렇다. 미봉은 임신을 했다. 다섯 달째라서 어느덧 배가 살짝 불러오고 있는 중이다.

태어나서 처음으로 온 마음을 바쳐서 사랑하는 우경도의 자식을 잉태한 터라서 미봉은 요즘 마냥 기쁘고 행복했다. 또한 임신이 잘못될까 봐 매사에 조심을 하고 있다.

그 일은 바로 그날 일어났다.

옥령과 미봉이 연지의 안내로 복잡한 저잣거리 한복판 어느 좌판에서 노리개를 고르고 있을 때였다.

미봉은 무공을 잃기는 했지만 원래 성격이 깐깐하고 예민한 탓에 보통 사람들하고는 다른 눈썰미나 예감, 느낌 같은 것을 지니고 있다.

그렇기 때문에 누군가 자신들을 주시하고 있는 느낌을 가장 먼저 감지한 사람이 그녀 미봉이었다.

하지만 그녀는 그 느낌에 대해서 별달리 신경을 쓰지 않았다. 미모가 출중한 옥령이 성내를 다니면 많은 사람들이 하던 일을 멈춘 채 아예 대놓고 쳐다보는 일이 다반사로 일어나곤 하기 때문이다.

또한 미봉과 연지는 옥령만은 못하지만 그녀들의 미모도 뛰어나기 때문에 세 여자가 함께 다니면 뭇사람들의 시선을 끄는 것은 당연지사였다.

그래서 지금 미봉이 느끼고 있는 따가운 시선도 그런 시선 중에 하나일 것이라고 여겼다. 그런데 시간이 지나면서 그 시선의 느낌이 강렬해지자 마침내 미봉은 고개를 돌려 힐끗 쳐다보았다.

"……!"

순간 그녀는 그 자리에 얼어붙었다. 찰나지간 강렬한 공포가 온몸을 훑고 지나가며 내장과 뇌가 한꺼번에 빠져나가는 듯한 느낌을 받았다.

그리고 그녀는 이쪽을 쳐다보고 있는 한 사람에게서 시선을 떼지 못했다.

세 호흡 정도 충격에 빠져 있던 그녀는 비로소 정신을 수습하고 급히 고개를 원래대로 돌렸다.

'단… 유천이라니…….'

그렇다. 그녀가 방금 목격한 사람은 무극신련의 단유천이 분명했다.

절대로 잘못 보지 않았다. 단유천과 눈까지 마주쳤으며 그도 미봉을 발견했다.

미봉은 크게 낭황했다. 지금 상황을 정리하고 어떻게 해야 하는지 생각하려고 했으나 머리가 뒤죽박죽이 되어 도무지 아무 생각도 떠오르지 않았다.

"와아! 언니, 이거 봐요. 예쁘죠?"

그때 연지가 노리개 하나를 들고 옥령과 미봉에게 보여주면서 예쁜 환호성을 터뜨렸다.

그러나 그 말이 미봉의 귀에는 들리지 않았다. 미봉의 머리는 온통 단유천에 대한 생각으로 가득 차 있었다.

"봉 언니, 왜 그래요? 어디 아파요?"

미봉의 얼굴이 창백한 것을 보고 연지가 염려스럽게 묻자 옥령도 그녀를 쳐다보았다.

"언니……."

그러나 옥령은 연지와는 달리 미봉을 보는 순간 뭔가 심상치 않음을 직감했다.

이 무렵 옥령은 미봉과 많이 친해져서 그녀를 언니라고 부르고 있다.

옥령은 이십일 세로 이십칠 세인 미봉보다 여섯 살이나 어리다. 그리고 격의없이 지내다 보니 두 여자는 서로가 매우 좋은 사람이라는 사실을 하나씩 깨닫게 되었다.

옥령 역시 절정고수 수준이었으며 강호 경험이 있는 터라서 미봉의 모습을 발견한 순간 위험이 닥쳤다는 것을 본능적으로 알아차렸다.

옥령이 입을 열어 무엇인가를 물어보려고 할 때 미봉이 재빨리 왼 손바닥을 펼치더니 오른손 검지로 빠르게 무엇인가 쓰기 시작했다.

'뒤돌아보지 마. 뒤쪽 삼 장 거리에서 단유천이 우리를 지켜보고 있어.'

"……."

그 순간 옥령은 조금 전에 미봉이 받았던 것보다 훨씬 더 큰 충격을 받았다.

처음에는 걷잡을 수 없는 공포가 엄습했고, 그 직후에는 절망감이 온몸을 휩쓸었다.

미봉과 마찬가지로 옥령 또한 단유천을 만나는 것에 대해서 추호의 반가움도 느끼지 못했다. 오히려 그를 원수처럼 여기고 있다.

단유천을 만나면 뭘 어떻게 하자고 두 여자가 미리 약속을 했던 적이 없었다.

이런 일이 벌어질지 예상하지 못했으므로 그런 것을 약속할 이유가 없었다.

미봉의 글이 이어졌다.

'어떻게 하지?'

옥령은 미봉이 왜 말로 하지 않는지 안다. 말을 하면 단유천이 들을 것이기 때문이다.

미봉의 물음에 옥령은 대답을 못했다. 어떻게 해야 할지 머릿속이 새하얘져서 아무것도 떠오르지 않았다. 무슨 수를 내야만 하는데 정신도 몸도 뜻대로 따라주지를 않았다.

과거 한때 사랑했었던 사형을 만나서 반갑고 기쁘다는 마음은 터럭만큼도 들지 않았다.

그리고 그것에 대해서 추호도 이상하게 생각하지 않고 당연하게 생각됐다.

아니, 오히려 단유천이 원수처럼 증오스러웠다. 태무랑의 적이기 때문이다.

그리고 태무랑이 죽었다면 그 원인 중에서 큰 비중을 단유천이 차지하고 있을 것이기 때문이다.

아무것도 모르는 연지는 좌판에서 이것저것 고르느라 여념이 없지만, 옥령과 미봉은 그 뒤에 나란히 서서 표정과 몸이 얼음처럼 굳어 있다.

두 여자는 오늘 성내에 나온 것을 몹시 후회했으나 이미 엎질러진 물이다.

그녀들은 자신들의 앞에 커다란 운명의 벽이 가로놓였음을 절실하게 느꼈다.

'낭랑루로 가요.'

다섯 호흡 만에 옥령이 방법을 내놓았다.

그녀는 무슨 수를 써서라도 단유천을 떼어내야만 하지만 혹여 운이 좋아서 그럴 기회가 생긴다면 그를 제압할 수도 있지 않을까 하고 생각했다.

즉, 위기는 기회라는 것이다. 단유천을 제압할 수만 있다면 태무랑에 대해서 알아낼 수 있다고 생각했다.

그러기 위해서는 자신들의 힘만으로는 안 되고 낭랑루의

도움이 절실하다고 판단했다.

옥령과 미봉은 자신들이 낭랑루에 도착할 때까지만이라도 단유천이 무슨 일을 벌이지 않기를 마음속으로 간절하게 빌었다.

아무것도 모르는 연지는 앞서 팔랑팔랑 나비처럼 가볍게 걸으면서 연신 쉬지 않고 재잘거렸다. 낭랑루에 가서 오늘은 어떤 맛있는 요리를 먹을까 하고 그녀는 기분이 한껏 부풀어 있었다.

평소에 옥령과 미봉이 별로 말이 없는 편이라서 연지는 그녀들의 침묵을 이상하게 여기지 않았다.

차륵.

세 여자는 낭랑루의 주렴을 젖히며 안으로 들어섰다. 주루 안은 여느 때와 다름없이 많은 손님들로 북새통을 이루고 있었다.

옥령 등이 낭랑루와 벽교상 등의 존재를 알게 된 것은 순전히 신풍개 덕분이었다.

원래 남경에 도착한 신풍개는 제일 먼저 고구려인들의 금오상단을 찾아왔었다. 그들은 평범한 백성이므로 무사할 것이라고 짐작한 것이다.

신풍개는 그곳에서 형구와 우경도, 옥령, 미봉 등을 만났고, 이후에 낭랑루의 벽교상 등을 만났었다.

처음에 벽교상은 주루의 영업이 끝난 후에 신풍개와 함께 불쑥 찾아온 옥령과 미봉을 보고는 잡아먹을 듯이 눈에 불을 켜고 대들었지만, 그녀들이 어떻게 변했으며 또 지금 어떻게 지내고 있는지 우경도에게 설명을 듣고는 많이 누그러졌었다.

이후 연지를 따라 성내에 나선 옥령과 미봉은 돌아가는 길에 꼭 낭랑루에 들러 주루 일을 도왔으며, 영업이 끝난 후에는 이층에 모두들 둘러앉아서 여자들끼리 술을 마시며 대화를 나누곤 했었다.

주루에 들어선 세 여자를 제일 먼저 발견한 봉화일선이 그녀들을 보며 반가운 미소를 지었다.

뒤이어 청미가 그녀들을 발견하고는 환하게 미소 지었으나 양손에 잔뜩 들고 있는 요리 그릇 때문에 평소처럼 한달음에 달려오지는 못하고 눈으로만 인사를 하고는 손님들에게 종종걸음으로 다가갔다.

옥령은 계단 쪽으로 빠르게 다가가서 봉화일선의 옷자락을 살짝 잡아당겼다.

옥령은 나가는 손님의 계산을 하려던 봉화일선의 손바닥을 잡아당겨서 거기에 재빨리 글을 썼다.

'단유천이 따라오고 있어요.'

순간 봉화일선의 얼굴에 놀라움이 떠오르더니 곧 싸늘하게 굳었다.

과연 산전수전 경험이 풍부한 봉화일선의 대처는 옥령이나 미봉하고는 전혀 달랐다.

그녀는 즉시 옥령과 미봉, 연지를 뒷문을 통해서 나가라고 손짓을 하고는 계산대에 서서 손님들에게 큰소리로 외치듯 말했다.

"자! 지금부터 계산대로 오는 사람은 선착순 열 명에 한해서 우리 주루 최고의 명주인 파애주(杷艾酒)를 한 병씩 나눠 드리겠어요!"

순간 손님들이 어? 하는 표정을 짓더니 곧 함성을 지르면서 일제히 계산대로 몰려들었다.

그사이에 옥령과 미봉은 각자 연지의 손을 하나씩 잡고는 뒷문을 빠져나갔다.

세 여자는 낭랑루에서 하관포구에 정박 중인 배까지 오백여 장 거리를 죽을힘을 다해서 달렸다.

연지는 영문도 모른 채 의아해하면서 옥령과 미봉의 손에 이끌려 정신없이 뛰었다.

차륵—

낭랑루에 들어선 단유천은 주루 안에서 벌어지고 있는 혼잡한 광경에 슬쩍 미간을 찌푸렸다.

그러나 곧 두리번거리면서 옥령을 찾아보았다. 하지만 그녀는 어디에도 보이지 않았다.

그는 그녀를 찾으려고 두 번 두리번거리지 않았다. 자신의 눈이 정확하다는 사실을 믿기 때문이다. 한 번 봐서 없으면 없는 것이다.

그는 옥령 등이 주루에 들어오자마자 뒷문을 통해서 빠져나갔다고 짐작했다.

단유천을 떼어내기 위해서 이 주루를 이용했다고밖에는 생각할 수 없는 상황이다.

그는 계산대 앞을 통과해서 계단 옆으로 보이는 뒷문으로 가려고 했으나 계산대 앞에 손님들이 잔뜩 몰려 있는 바람에 여의치가 않았다.

그가 신형을 날려 손님들 머리 위로 날아서 넘으려고 생각했을 때 손님들에게 술병을 나눠 주고 있던 봉화일선이 그를 쳐다보았다.

"거기! 주문했나요?"

단유천은 힐끗 그녀를 쳐다보았다.

"파애주를 갖고 싶으면 여기에 줄을 서고, 그게 아니면 주문을 하고 자리에 앉도록 해요."

봉화일선은 어떻게 하든지 옥령 등이 도망갈 수 있는 시간을 벌어주려고 애썼다.

그리고 할 수만 있다면 단유천을 이곳에 붙잡아두어 그를 죽일 수 있는 기회를 만들고 싶었다.

난데없는 소동에 주방에 있던 벽교상이 요리를 하느라 손에 들고 있던 작은 솥을 들고 밖으로 나왔다. 솥 안에는 뜨거운 기름과 튀기고 있던 돼지고기가 들어 있었다.

그녀도 주방 안에서 봉화일선이 하는 말을 들었다. 난데없이 손님들에게 파애주를 나누어 주다니 무슨 일이 있는 게 분명하다고 생각했다.

획—

그때 벽교상은 계산대 앞에 모여 있는 손님들 머리 위를 엎드린 자세로 가볍게 날아서 넘고 있는 한 사내를 발견하고 움찔 놀랐다.

'단유천!'

그 순간 벽교상은 단유천이 내려설 지점을 예상하여 일부러 그곳으로 재빨리 다가갔다.

그리고는 뒤늦게 단유천을 발견하고 화들짝 놀라서 쓰러지는 척하면서 기름 솥을 그에게 던졌다.

"아앗!"

확!

솥이 단유천에게 날아가면서 펄펄 끓는 기름이 그에게 고스란히 쏟아졌다.

하지만 기름은 단유천의 몸 한 자쯤에서 모조리 튕겨지며
오히려 손님들 머리 위로 쏟아져 내렸다.

"우와앗!"

"앗! 뜨거워!"

난리가 벌어진 가운데 단유천은 바닥에 내려서지도 않고
곧장 뒷문을 향해 쏘아갔다.

확!

그가 손을 대지도 않았는데 뒷문이 저절로 활짝 열렸고, 그
는 그곳을 통해서 순식간에 사라졌다.

하관포구에 정박해 있는 수많은 배들이 있는 곳까지 오십
여 장쯤 남겨두었을 때 옥령은 힐끗 뒤돌아보았다.

'아……'

그 순간 그녀는 단유천이 빛처럼 빠르게 쏘아오는 광경을
목격하고 가슴이 철렁 내려앉았다.

앞으로 남은 거리는 어림잡아도 오십여 장이다. 그전에 단
유천이 따라잡을 것은 너무도 당연하다.

요행히 그를 뿌리친다고 해도 금오나 망랑으로 뛰어들면
그곳에 있는 사람들이 해를 입을 것이다. 절대 그럴 수는 없
는 일이다.

옥령은 세게 입술을 깨물었다. 지금은 단호한 결심을 해야 할 때다. 조금이라도 늦으면 미봉과 연지는 물론 애꿎은 사람들까지 단유천에게 발각되고, 그다음에는 필경 죽게 될 것이다.

어떤 결심을 한 옥령은 잡고 있던 연지의 손을 놓았다. 그런데 손을 놓은 연지는 계속 달려가고 외려 미봉이 옥령을 돌아보았다.

"어서 가요, 언니. 뒤돌아보지 말고 숨어요. 아무도 나서지 말라 이르고."

미봉은 멈춰 선 옥령 뒤쪽으로 단유천이 십여 장까지 쏘아 오고 있는 모습을 발견했다.

그래서 어떻게 된 일인지 즉시 알아차렸다. 옥령은 자신을 희생해서 미봉과 연지, 그리고 형구와 우경도 등 모든 사람들을 보호하려는 것이다.

하지만 미봉은 옥령에게 그러지 말고 만류하지 못했다. 아니, 하지 않았다. 오히려 더 빨리 달리면서 그녀에게서 시선을 거두고 있었다.

단유천이 원하는 사람은 옥령이다. 그러므로 그녀를 수중에 넣으면 단유천은 다른 것에는 신경을 쓰지 않을 것이다. 아니, 그래 주기를 원한다.

미봉은 옥령에게 죄스러운 마음이 들었으나 그보다는 자

신이 사랑하고 있는 우경도를 보호해야 한다는 마음이 더 강하게 작용했다.

만약 옥령과 미봉의 입장이 바뀌었다고 해도 미봉은 옥령처럼 똑같이 행동했을 것이다.

옥령은 천천히 돌아섰다. 어차피 도망쳐도 단유천에게 붙잡힐 것이라면 다른 사람들이라도 보호해야 한다는 결심에는 추호도 후회가 없다.

그녀는 사람이 한평생을 살면서 가장 끔찍하게 여겼던 일을 다시 한 번 부닥치는 착잡한 심정으로 단유천이 쏘아오는 것을 지켜보았다.

신기하게도 단유천에 대한 사사로운 감정이 티끌만큼도 남아 있지 않다는 사실을 그때 깨달았다. 하지만 그것이 이상하다는 생각은 들지 않았다.

당연한 일이다. 태무랑을 죽도록 사랑하고 있는데, 어찌 그의 원수에 대한 사사로운 감정이 추호라도 남아 있을 수 있겠는가.

슷─

단유천은 옥령 세 걸음 앞에 원래 그곳에 서 있었던 것처럼 멈추었다. 옥령 앞에 절망과 증오와 혼란이 멈춰서 그녀를 바라보고 있었다.

옥령은 다소곳이 서서 물끄러미 단유천을 바라보았다. 그런데 기이하게도 지금은 조금 전의 공포와 증오 같은 것이 조금도 느껴지지 않았다. 오히려 그 어느 때보다도 마음이 고요했다.

반면에 단유천은 몹시 격동하는 모습이다. 옥령을 응시하는 그의 얼굴과 눈빛이 심하게 흔들리고 있었다.

"령 매……."

그의 목소리는 가늘게 떨렸다. 또한 그의 얼굴에는 반가움이 가득 떠올랐다.

하지만 그는 곧 이상함을 느꼈다. 옥령의 모습이 너무도 차분하기 때문이다.

그는 옥령도 자신만큼 크게 반가워서 눈물을 흘리며 품속으로 뛰어들 것이라고 생각했었다. 아니, 그래 주기를 기대하고 있었다.

"령 매……."

마음이 마구 헝클어진 단유천은 다시 한 번 옥령을 부르면서 어떻게 해야 할지 몰랐다. 이런 상황이 될 줄은 예상하지 못했기 때문에 어떻게 대처해야 하는지 생각해 두지 않은 것이 당연했다.

그때 그는 비로소 방금 전까지 품고 있었던 한 가지 의문이 되살아났다.

처음에 거리에서 미봉이 단유천을 발견했을 때 그녀가 옥령에게 그 사실을 말하지 않은 것이 이상했었다.

그런데 그녀들은 곧 저잣거리를 떠나서 그곳에서 멀지 않은 어느 주루로 들어갔고 뒷문을 통해서 도망을 쳤다. 그것은 그녀들이 단유천을 따돌리려는 의도였다고밖에는 생각할 수가 없다.

"날 만나서 반갑지 않은가?"

그래서 바보 같은 질문이지만 그렇게 물어봐야만 했다. 그러면서 옥령이 아니라고 대답해 주기를 원했다.

"저기로 가요."

옥령은 저 멀리 보이는 낭랑루를 가리켰다. 미봉과 연지가 도망갈 수 있는 충분한 시간을 벌기 위해서다.

단유천은 복잡한 표정으로 옥령을 바라보다가 나직이 한숨을 내쉬며 몸을 돌렸다.

第百三章
신인귀환(神人歸還)

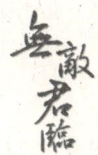

열 병의 파애주를 손님들에게 나눠 준 후의 낭랑루는 다시
일상으로 돌아가 있었다. 주루 내는 앉을 자리가 없이 손님들
로 꽉 찬 상태였다.

하지만 봉화일신은 옥령과 단유천이 주루로 들어서는 것
을 보고는 즉시 몇 명의 손님들을 다른 자리에 합석시켜서 탁
자 하나를 비워주었다.

옥령이 요리를 주문하는 동안에도 단유천은 그녀의 얼굴
에서 한시도 시선을 떼지 않았다.

그에게 있어서 옥령은 삶의 전부였고 또 그녀와 함께 죽을

때까지 해로하는 것이 유일한 삶의 목표였었다. 그것을 믿어 의심한 적이 없었다.

그러므로 그녀를 잃고 나서의 그의 삶은 황폐함과 절망 그 자체였었다.

무엇으로도 그녀를 대신할 수가 없었다. 그녀를 되찾을 수만 있다면 어떤 희생을 치러도 또한 어떤 대가를 지불해도 상관이 없다고 생각했었다.

화명군이 천하를 장악하고 난 후에 그는 옥령을 찾기 위해서 사용하지 않은 방법이 없을 정도였었다.

또한 그녀가 남경과 연관이 있다는 심증 때문에 벌써 대여섯 차례 이상 남경에 와서 그녀를 찾았었으나 뜻을 이루지 못했었다.

그런데 이렇게 천신만고 끝에 그녀를 만나게 되었으나 뜻하지 않았던 일이 생겼다. 그녀가 그를 만난 것을 조금도 기뻐하지 않는 것이다. 그것에 대해서는 한 번도 생각해 본 적이 없는 단유천이었다. 그는 옥령을 만난 시작 단계부터 벽에 부딪쳤다.

옥령은 단유천의 따가운 시선을 느끼면서도 일부러 그를 보지 않다가 이윽고 천천히 그를 정면으로 똑똑히 쳐다보았다. 그리고 조용히 입을 열었다.

"나는 당신을 잊었어요. 철저하게."

불길한 느낌이 현실로 드러났다.

"령 매……."

단유천은 움찔 놀랐다. 설마 그런 말을 듣게 될 줄은 예상하지 못했었다. '철저하게'라는 말이 그의 고막을 후벼 파고 골을 쪼갰다.

그러나 충격은 그것이 끝이 아니다. 옥령은 심연처럼 가라앉은 표정과 목소리로 말을 이었다.

"나는 사랑하는 사람이 있어요. 내 소망은 그이와 함께 평범하게 사는 거예요."

"령 매… 너……."

주루 안에 가득 찬 손님들은 큰소리로 웃고 떠들면서 대화를 하느라 몹시 시끄러웠고 또한 옥령과 단유천에게는 조금도 신경을 쓰지 않았다.

"그러니 나를 조금이라도 위하는 마음이 있다면, 부디 나를 내버려 두세요. 그리고 잊으세요."

단유천은 너무 큰 충격을 받은 표정으로 그녀를 쳐다볼 뿐 할 말을 찾지 못했다.

그때 봉화일선이 의족다리로 절룩거리면서 다가와서 주문한 요리를 내려놓았다.

그리고 돌아가기 전에 앉아 있는 단유천의 머리를 무서운 눈빛으로 굽어보았다.

그녀의 주먹 쥔 손이 부들부들 떨리고 있는 것을 옥령 한 사람만이 힐끗 봤을 뿐이다.

원래 청미가 요리를 갖고 와야 하지만 그녀가 옥령을 보고는 쓸데없는 말을 할까 봐 봉화일선이 대신 온 것이다.

뒤늦게 단유천의 존재를 깨달은 청미는 먼발치에서, 그리고 벽교상도 일손을 멈추고 계단 옆에 서서 단유천과 옥령을 훔쳐보고 있었다.

간신히 혼란한 마음을 진정시킨, 아니, 아직도 진정되지 않은 어수선한 심정으로 단유천은 안타까운 표정을 지으며 옥령을 바라보았다.

"어… 떻게 그럴 수가 있는 거지?"

단유천은 절대로 그럴 수는 없다는 듯한 얼굴로 항의하듯 말했으나, 옥령은 그게 뭐 어떠냐는 듯한 표정으로 조용히 대답했다.

"세상에 변하지 않는 것은 없어요."

단유천은 또 할 말을 잃었다. 그 말이 맞기 때문이다. 세상에 변하지 않는 것은 없다.

그러나 자신과 옥령의 사랑만큼은 절대로 변하지 않을 것이라고 믿었었다.

그게 변하면 세상이 끝나는 줄 알았었다. 단유천은 사랑에 있어서만은 누구보다도 순수했다.

탁자에서 향긋한 냄새를 풍기는 요리가 식어가고 있는데도 두 사람은 아무도 손을 대지 않았다.

　단유천은 고개를 숙였다가 요리를 발견했다. 그는 꼼짝하지 않고 가만히 있었다.

　요리에서 뜨거운 김이 나더니 점차 줄어들면서 어느 순간부터는 더 이상 김이 나지 않았다. 뜨거운 요리가 차갑게 식은 것이다.

　단유천은 그것이 흡사 옥령의 절연선언(絶緣宣言)과 닮아서 불끈 날카로워졌다.

　확! 쨍그랑!

　팔로 요리 그릇을 밀어버리자 바닥에 떨어지면서 그릇이 깨지고 요리가 사방으로 튀었다.

　사람들의 시선이 순식간에 단유천에게 집중되었으나 그는 그런 것에는 추호도 신경 쓰지 않았다.

　자신을 더 이상 사랑하지 않는 여자에게 매달려서 사랑을 구걸하는 짓 따윈 그로서는 절대로 하지 못한다.

　아니다. 그렇게 해서라도 돌이킬 수만 있다면 백 번 천 번이라도 할 수 있다.

　하지만 그는 옥령을 잘 안다. 그녀는 진심으로 말했다. 그것은 절대로 돌이킬 수 없는 것이다. 그렇기 때문에 단유천은 절망하고 있는 것이다.

"가겠어요."

미봉과 연지, 그리고 형구와 우경도 등이 충분히 피했을 것이라고 생각한 옥령은 일어섰다. 그녀의 목소리가 조금 전보다 훨씬 냉정하게 변해 있었다.

그녀는 단유천에 대해서 잘 알고 있다. 이 정도까지 했으면 그는 비록 절망할지언정 더 이상 자신을 귀찮게 하지는 않을 것이다.

하지만 그녀는 거기에 대해서 일말의 미안한 마음도 품고 있지 않았다. 단유천은 태무랑을 죽였든가 아니면 아직까지도 그를 돌아오지 못하게 만든 원흉 중 한 명일 뿐이기 때문이다. 오히려 그를 죽이지 못하는 것이 원통한 심정이다.

단유천은 움찔 놀라서 쳐다보았으나 입구로 걸어가고 있는 옥령의 뒷모습을 착잡하게 쳐다보기만 할 뿐 무슨 행동을 취하지는 못했다.

차륵—

옥령은 한 번도 뒤돌아보지 않고 밖으로 나갔다.

단유천은 너무도 큰 충격을 받고 몸을 가늘게 떨면서 입구를 뚫어지게 주시하다가 고개를 푹 숙였다.

어금니를 악물고 이 일을 대체 어떻게 하면 좋을지 고뇌했다. 눈물이 솟구치려는 것을 죽을힘을 다해서 참았다. 그 와중에도 눈물을 보이면 자신이 더 초라해질 것이라는 생각이

들었다.

그는 예전에 무극신련 총본련에서 옥령과 함께 생활할 때 한 번도 그녀의 뜻을 거스른 적이 없었다.

그녀가 원하는 것이라면, 설혹 그것이 자신의 뜻에 반하는 것이며 아무리 하찮은 것이라고 해도 기꺼이 웃으면서 해주었었다.

그것은 지금도 마찬가지다. 그녀는 세상에 변하지 않는 것이 없다고 말했으나 변하지 않는 것이 하나 있다. 그것은 옥령에 대한 단유천의 사랑이다.

단유천은 그녀가 원하는 것을 자신의 입맛에 맞춰 선택해서 들어준 적이 없었고 지금도 그렇다. 설혹 그것 때문에 죽을 때까지 괴로움에 몸부림치더라도 말이다.

하지만 이대로는 옥령을 보내줄 수가 없다. 절대로 그래서는 안 된다. 그것만은 분명하다.

하지만 어떻게 해야 할지 방법이 생각나지 않았다. 아마 지금부터 그가 무슨 행동을 취한다면 그것은 이성이 아닌 본능일 것이다.

순간 단유천은 벌떡 일어나는 듯하더니 그대로 창을 부수고 밖으로 쏘아 나갔다. 입구를 통해서 나갈 만큼의 마음의 여유가 없었다.

와장창!

전력으로 포구를 향해 뛰어가고 있는 옥령의 뒷모습을 발견한 단유천은 그녀의 삼 장 뒤에서 기척없이 땅에 내려선 후에 천천히 걸어서 뒤를 따랐다.

겉으로 보기에는 천천히 걷는 것 같지만 옥령이 뛰는 속도와 비슷했다.

그녀의 걷는 속도에 맞추었기 때문이다. 또한 두 발이 전혀 땅에 닿지 않았다.

옥령은 한 번도 뒤돌아보지 않고 달려가다가 포구의 선착장 계단을 단숨에 뛰어 올라갔다.

이어서 서둘러서 각전 몇 닢을 내고 이제 곧 출발할 도선(渡船)에 올라탔다.

단유천이 어디선가 보고 있을 것이기 때문에 곧장 망량으로는 갈 수가 없다.

도선을 타고 일단 강을 건넌 후에 한 시진 후에 돌아오는 도선을 이용하여 다시 이쪽 하관포구로 되돌아올 생각이다. 그때쯤이면 단유천도 떠나고 없을 것이다. 아니, 제발 그래주기를 간절하게 빌었다.

강을 건널 사람이 도선에 다 타자 몇몇 뱃사람이 포구에 묶인 밧줄을 풀어서 거두더니 도선이 묵직하고 느릿하게 포구를 출발했다.

그런데도 옥령은 꼼짝도 하지 않고 뒤돌아보지도 않았다.

도선에 사람이 너무 많아서 그들을 뚫고 안으로 들어가는 것
이 불가능했다.

그렇지 않았으면 도선에 타자마자 사람들 틈바구니에 섞
여들었을 것이다.

"령 매, 그가 누구지?"

그런데 그때 조마조마하고 있는 옥령의 뒷덜미를 와락 움
켜잡는 조용한 단유천의 목소리가 들렸다.

옥령은 돌아보고 싶지 않았다. 하지만 그러면 단유천이 몸
을 날려 도선에 탈 것 같았다.

만약 그런 상황이 된다면 일이 복잡하게 꼬이고 만다. 강을
건너가면 옥령은 갈 곳이 없는데 단유천이 따라오면 어디로
든 가야 하기 때문이다.

그러면 또다시 그를 떨쳐 버리기 위해서 고생을 해야만 한
다. 아니, 어쩌면 또 다른 일이 벌어질지도 모른다. 예를 들면
단유천이 심경에 변화를 일으켜서 예상하지 못했던 일을 저
지르는 것이다.

옥령이 입술을 깨물면서 돌아서자 사오 장 전면 포구의 끄
트머리에 단유천이 서 있는 것이 보였다.

그의 표정은 담담했으나 옥령은 그 담담함 속에서 필사적
으로 인내하는 모습을 어렵지 않게 발견했다. 그러나 예전 같
았으면 그녀의 마음을 짠하게 감동시켰을 그것이 지금은 위

선으로밖에 보이지 않았다.

예전에 그녀의 진리는 단유천이었으나, 지금은 태무랑이 그녀의 모든 것이기 때문이다.

옥령은 아무 말도 하지 않고 그를 바라보기만 했다. 어떤 뾰족한 방법이 있어서가 아니다.

단지 도선이 조금 더 멀어지면 그가 묻기를 포기하기를 원할 뿐이다.

사랑하는 사람이 태무랑이라고는 말할 수가 없다. 그렇다고 갑자기 떠오르는 이름도 없었다.

"령 매가 사랑하고 있다는 그가 누군가?"

그러나 단유천은 재차 물었다. 그는 그것을 묻기 위해서 낭랑루 창을 부수고 뛰어왔다.

도대체 그녀가 어떤 사내를 사랑하기에 금석처럼 단단했던 자신들의 사랑을 깬 것인지 궁금했다.

그리고 알아야 할 권리가 있다고 생각했다. 그래도 한때 서로 사랑하는 사이였기 때문이다. 그러므로 그만한 권리쯤은 있다고 생각했다.

예전에는 옥령이 대답을 하지 않으면 단유천은 그냥 미소를 지으면서 넘어갔었다.

하지만 지금은 그러지 않을 것이고 그럴 상황이 아니라고 옥령은 생각했다. 대답을 하지 않으면 그는 무슨 짓이라도 저지를 것이다.

그러므로 그가 발작할 원인을 제공하지 말아야 한다. 이제 마지막 한 걸음 앞으로 다가왔다. 지금 이 순간만 잘 넘길 수 있으면 된다. 이 고비만 넘기면 다시는 이런 일이 없을 것이다. 그것이 옥령의 유일한, 그리고 가느다란 희망이었다.

"고구려 사람이에요. 연풍이라는 이름을 갖고 있어요. 그는 장사를 하는데 이곳저곳 떠돌아다녀요. 나는 그를 따라다니면서 그를 돕는 일을 해요. 이런 평범함이 나는 좋아요. 그리고 그를 사랑해요. 죽도록."

그녀는 또다시 '죽도록' 이라는 말에 힘을 주었다. 그녀의 마음속에서는 '연풍' 이 태무랑이었다.

"연풍……."

단유천의 중얼거림은 옥령에게 들리지 않았다. 단지 입모양으로 그가 그렇게 중얼거렸을 것이라고 추측했다.

"허허헛! 이게 누구신가? 옥령 낭자 아니신가?"

그때 도선에 타고 있는 사람 중에서 장사치로 보이는 사내 하나가 옥령을 발견하고 껄껄 웃으면서 다가왔고 그의 동료들도 따라오며 벙글벙글 웃었다.

옥령은 그들을 힐끗 쳐다보고는 가볍게 안색이 변했다. 두어 번 본 적이 있는, 아니, 금오와 거래를 했었던 산동의 장사치들이 분명했다.

그녀는 사내들을 불과 두어 번 봤으나 사실 그들은 연풍하고 꽤나 친한 사이들이다.

두억시니처럼 거칠고 시커먼 수염이 얼굴을 뒤덮은 사내는 이런 도선에서 옥령처럼 아름다운 여자를 아는 체하는 것이 몹시 의기양양한 듯 그녀 앞에 이르러 어깨를 흔들면서 과장되게 웃어 보였다.

"헛헛헛헛! 이제 보니까 옥령 낭자하고 연풍 연 형은 그렇고 그런 사이였구려! 어쩐지 수상쩍더라니, 그렇다면 언제쯤 국수를 먹을 수 있겠소? 제수씨?"

사내들이 와아! 하고 웃음을 터뜨렸다. 그 바람에 많은 사람들이 이쪽을 쳐다보며 기웃거렸다.

옥령은 수줍은 미소를 지으며 얼굴을 붉혔다.

"저는 그이의 결정에 따를 거예요."

그러면서 그녀는 조금 전보다 더 멀어진 곳에 서 있는 단유천의 얼굴이 보기 싫게 일그러지는 것을 발견했다. 장사치들의 등장은 옥령에게 도움이 되었다. 그녀의 말이 사실이라고 증명을 해준 셈이다.

장사치사내들이 옥령을 둘러싸면서 단유천과의 사이를 자연스럽게 완전히 차단했다.

단지 그것뿐인데 옥령은 마음이 한결 편해져서 안도의 한숨을 내쉬었다.

옥령이 장사치사내들과 웃으면서 몇 마디 말을 주고받는 사이에 도선은 어느덧 포구로부터 삼십여 장 이상 멀어지고 있었다.

이윽고 옥령은 장사치사내들로부터 떨어져 나와 난간가에 서서 청명한 하늘을 올려다보았다.

사내들은 자기들끼리 웃으면서 연풍과 옥령에 대한 상상력을 펼치고 있었다.

'이제 끝났어.'

갈매기들이 낮게 날면서 수면을 스칠 듯하며 발로 물고기를 낚아채는 광경이 보였다.

옥령은 한 마리 갈매기가 자기 몸집 절반 크기의 물고기를 낚아채서 하늘로 비상하는 것을 눈으로 좇으면서 희미한 미소를 머금었다.

조금 전까지 일어났던 일에 대한 대처는 자신이 생각해도 참으로 대견하기 짝이 없었다. 태무랑이 앞에 있으면 한껏 자랑이라도 하고 싶은 심정이다.

그런데 그때 그녀가 눈으로 좇던 갈매기 위로 하나의 커다란 물체가 떠 있는 것이 보였다.

"......!"

그 물체는 아래를 향해 무서운 속도로 하강하고 있었다.

이어서 그 물체는 옥령 앞에 추호의 기척도 없이 내려서고 나서 불쑥 손을 내밀어 그녀의 팔을 움켜잡았다.

"아……."

단유천이라는 이름을 지닌 그 물체는 놀라고 있는 옥령의 팔을 잡은 채 다시 번쩍 허공으로 솟구쳐 올랐다.

"무… 슨 짓이에요?"

옥령이 창백한 안색으로 가늘게 떨면서 묻자 단유천은 완고한 표정으로 짧게 대꾸했다.

"너는 내 여자다."

*   *   *

하남성 낙양.

낙양 최고의 명문세가인 낙성검문 전문 앞에 세 사람이 나타났다.

정월 한겨울 하남성의 추위는 말도 못할 정도인데 이들 세 사람은 얇은 경장 차림을 하고 있었다.

그들은 다름 아닌 태무랑과 맹오, 군통이다. 세 사람은 천산산맥 등격리산을 떠난 지 불과 보름 만에 낙양에 도착했다. 갈 때는 두 달 보름이나 걸렸던 길이다.

태무랑은 늘 즐겨 입던 흑의가 아니라 하늘색이 감도는 산뜻한 경장 차림이다.

낙성검문 앞은 대로라서 많은 사람들이 왕래하고 있는데, 그들은 태무랑을 발견하곤 하나같이 옷깃을 여미면서 자세를 바로 하고 공손히 예를 취했다.

물론 그들은 태무랑을 처음 본다. 하지만 그의 모습이 부처를 연상케 하고 또 영락없는 선인의 그것이기에 자신들도 모르게 경건한 마음으로 존경심을 표현하고 있는 것이다.

맹오는 갈의경장을, 군통은 홍의경장을 입었으며 그들 역시 홑옷을 입었음에도 추호도 추위를 느끼지 않는 듯했다.

군통은 태무랑에 의해서 체내에 음양지기를 갖추게 되었으며, 맹오는 생사현관(生死玄關), 즉 임독양맥(任督兩脈)이 소통되고 벌모세수(伐毛洗髓)에 환골탈태(換骨奪胎)까지 이룬 상태라서 예전하고는 비할 수 없을 정도로 고강해졌다.

태무랑은 낙성검문 전문 위의 현판을 바라보고 있었다. 현판은 한쪽이 떨어져서 삐딱하게 걸렸으며 또한 깨지고 금이 간 모습이다.

그것만 보더라도 현재 낙성검문이 처한 상황을 어렵지 않게 짐작할 수 있을 듯했다.

"소인이 살펴보고 오겠습니다."

태무랑 뒤에 서 있던 군통이 그렇게 말하고는 태무랑의 대답을 듣지 않고 전문으로 다가가 손으로 가볍게 밀었다.

삐그. 쿵!

그러자 전문이 떨어지며 안쪽으로 둔중하게 무너졌다.

군통은 전문을 밟고 안쪽으로 사라지더니 일다경 후에 다시 나와 태무랑에게 공손히 설명했다.

"안에는 아무도 없습니다. 꽤 오랫동안 비워져 있었던 것 같습니다."

군통에게서는 예전의 거지왕초 같은 느낌이 조금도 나지 않았다. 오히려 고슴도치 같은 수염을 기른 용맹한 장수의 기상이 느껴졌다.

그때 지나는 행인에게 무엇을 물어보고 있던 맹오가 다가와서 태무랑에게 보고했다.

"사람들 말로는 낙성검문이 일 년 반쯤 전에 의문의 멸문을 당했다고 합니다. 그 당시에 살아남은 사람은 한 명도 없다고 하는군요."

맹오와 군통은 이곳으로 오는 도중에 태무랑으로부터 낙성검문에 대해서 설명을 들은 터였다.

보고를 마친 맹오와 군통은 태무랑 뒤쪽에 나란히 서서 그의 명령을 기다렸다.

태무랑이 낙성검문에 찾아온 것은 단지 지나는 길에 들러 본 것뿐이다.

만약 낙성검문이 무사하다면 은지화나 그의 가족들을 만나서 그동안의 무림의 동향이나 남경의 사정에 대해서 들어

볼 생각이었다.

"가자."

태무량은 짧게 말하고 걸음을 옮겼다.

일각 후에 태무량 등은 낙성검문에서 그리 멀지 않은 어느 장원 앞에 당도했다.

장원의 전문 위에는 삐뚤삐뚤한 글씨체로 '태가장' 이라고 적혀 있었다.

예전에 형구가 자신이 태가장의 현판을 썼노라고 자랑스럽게 설명했던 그 현판이다.

쿵쿵쿵!

"계시오?"

규통이 주먹으로 전문을 두드리며 우렁우렁한 목소리로 낮게 외쳤다.

그긍—

잠시 후에 전문이 열리고 하인 차림의 중년 사내가 고개를 내밀고 의아한 표정으로 태무량 등을 쳐다보았다.

"뉘슈?"

태무량이 앞으로 나서며 조용히 말했다.

"아소와 연효 있는가?"

사내는 태무량이 함부로 태가장 두 소저의 이름을 부르자

발끈했다.

하지만 태무랑의 초탈한 모습을 보고는 찔끔하여 어눌한 목소리로 중얼거렸다.

"두 분 소저는 왜 찾으시는 게요?"

태무랑은 빙그레 미소 지었다.

"태무랑이 왔다고 전하게."

사내는 눈을 끔뻑거리며 태무랑을 쳐다보다가 갑자기 펄쩍 뛰듯이 소스라치게 놀랐다.

"에엣? 태, 태무랑?"

그는 크게 당황하여 눈을 비비고 태무랑을 다시 보더니 확인하듯이 물었다.

"사… 상공께서…… 아니, 선인께서… 태무랑… 이 분명합니까?"

"그렇네."

그긍—

"어… 어서 들어오십시오!"

사내는 태도가 급변하여 전문을 활짝 열고 연신 허리를 굽실거렸다.

그러더니 태무랑 일행이 안으로 들어서자 먼저 안쪽으로 쏜살같이 달려들어 가며 목청껏 외쳤다.

"아, 아씨들! 소저! 오셨습니다요! 어서 나와보십시오!"

태가장에 기거하는 모든 사람들이 목을 빼고 기다리는 한 사람이 있다.

바로 태무랑이다. 태가장의 안주인인 두 소저가 모든 하녀와 하인들, 그리고 식솔들에게 태무랑에 대해서 귀가 따갑도록 얘기했으며, 만에 하나 그가 태가장에 오면 추호의 결례도 해서는 안 되며 즉시 알려야 한다고 하루가 멀다 하고 주지시켰기 때문이다.

태무랑이 전문에서 열 걸음쯤 걸어 들어갔을 때 안쪽에서 한 무리의 사람들이 무리지어서 달려오고 있었다. 그런데 그들 중에 신발을 신은 사람은 아무도 없었다.

선두에서 달려오고 있는 사람은 화사하게 꽃처럼 예쁜 두 여자인데 바로 아소와 연효다.

그 옛날 태무랑이 누이동생 태화연을 찾아 헤맬 때 낙양의 홍작루에서 고생하고 있는 두 명의 기녀를 구해 장원에서 살게 해주었는데 그녀들이 바로 아소와 연효고, 그 장원이 바로 이곳 태가장이었다.

아소와 연효는 먼발치에서 이미 태무랑을 알아보고 소나기처럼 눈물을 흘리면서 엎어질 듯이 달려왔다.

그리고 그녀들 뒤에는 고향에서 데려온 부모와 오라비, 동생들이 역시 눈물을 흘리며 따르고 있었다.

태무랑이 멈춰 서자 아소와 연효는 그 앞에 이르러 바들바들 가련할 정도로 교구를 떨며 그를 바라보면서 눈물을 멈추지 못했다.

"아아… 진정 상공이십니까?"

"으흐흑. 마침내 오셨군요… 상공……."

두 여자는 흐느끼면서 태무랑 앞에 무릎을 꿇고 고개를 조아리며 큰절을 올렸다.

"소녀들이 상공을 뵈어요."

그 뒤로 두 여자의 가족들이 부복하여 이마를 땅에 대며 역시 흐느껴 울었다.

그들로서는 태무랑이야말로 부처님이나 옥황상제보다 더 훌륭한 은인이다.

스으.

그런데 아소와 연효는 물론 부복해 있던 모든 식솔들의 몸이 일제히 허공으로 둥실 떠오르더니 몸이 펴지면서 두 발이 가볍게 땅에 닿았다.

그들은 어찌 된 영문인지 몰라서 놀라고 황망해 두리번거리며 어쩔 줄을 몰랐다.

하지만 아소와 연효는 방금 그것이 태무랑으로 인한 것임을 직감했다. 그녀들은 과거에 태무랑의 놀라운 무공을 직접 본 적이 있었다.

태무랑은 두 손을 뻗어 자신의 어깨에도 차지 않는 아소와 연효의 머리를 부드럽게 쓰다듬어 주었다.

"잘 있었느냐?"

"으아앙—!"

"으흐흐흑!"

그러자 두 여자는 그의 품으로 뛰어들며 어린아이처럼 큰
소리로 울음을 터뜨렸다.

대전에서는 작은 연회가 베풀어졌다.

원래 격의없는 태무랑은 바닥에 앉았고 좌우에 아소와 연
효가, 그리고 그녀의 가족들이 빙 둘러앉아 있는데, 가운데에
는 서둘러 준비한 것치고는 그럴싸한 진수성찬이 마련되어
있었다.

그런데 두어 살쯤 되어 보이는 사내아이가 연효 옆에 바짝
붙어 앉아서 태무랑을 말끄러미 바라보고 있었다. 눈이 새카
맣고 이목구비가 뚜렷한 귀여운 용모였다.

태무랑은 짚이는 바가 있어서 아이를 보며 부드러운 미소
를 지었다.

"효야, 네 아이냐?"

연효는 얼굴을 새빨갛게 물들이며 아이를 자신의 무릎에
끌어 앉혔다.

"네……"

태무랑은 둘러앉은 사람들 중에서 아이의 아버지, 즉 연효의 남편을 찾으려고 살펴보았다.

"흠. 네가 벌써 엄마가 됐구나."

"그분의 아들이에요."

"그분?"

"혀… 형구…….."

연효가 기어드는 목소리로 겨우 대답하자 태무랑은 어? 하는 표정을 지었다가 명랑한 웃음을 터뜨렸다.

"하하하하! 그래! 이 아이가 형구의 아들이라는 말이렷다!"

그러면서 아이를 번쩍 안아 머리 위로 치켜들며 사뭇 흐뭇한 웃음을 지었다.

"하하하! 제 아비를 닮지 않은 것 같아서 정말 다행한 일이로구나!"

"하지만… 아이가 웬일인지 태어나면서부터 허약하여 아직까지 걷지를 못하고 간단한 말조차도 못할뿐더러 또 잔병치레가 너무 심해서…….."

낙양의 용한 의원 말로는 아이가 대여섯 살을 넘기지 못하고 죽을 것이라고 하여 연효는 물론 모두들 걱정이 태산 같은 상황이었다.

"네 이름이 무엇이냐?"

태무랑은 아이의 얼굴을 자신을 향하게 하여 무릎에 앉히고는 미소 지으며 물었다.

"아이 이름은……."

"무랑, 형무랑(亨武郎)이에요."

연효가 대답하려고 하는데 아이가 태무랑을 보면서 또렷한 목소리로 대답하는 것이 아닌가.

순간 모두들 소스라치게 놀라 아이 형무랑과 태무랑을 쳐다볼 뿐 아무도 입을 열지 못했다.

태무랑은 껄껄 웃었다.

"하하하! 또 한 명의 무랑이로구나! 나도 무랑이란다. 반갑다, 무랑아."

연효는 귀신에 홀린 듯한 표정으로 형무랑을 보며 중얼거렸다.

"아아… 도대체 이게……."

형무랑은 방금 전까지만 해도 한마디 말도 못하는 아이였었다. 그런데 지금은 겨우 두 살인데도 불구하고 마치 신동처럼 또렷하게 말하고 있지 않은가.

태무랑이 형무랑을 바닥에 내려놓자 아이는 그를 향해 넙죽 큰절을 올렸다.

"소질 형무랑이 백부님을 뵈어요."

태무랑은 만면에 미소를 지으며 고개를 끄덕였다.

"오냐. 그래도 네 이름이 나하고 같은 무랑인데 단명(短命)

을 해서야 되겠느냐?"

형무랑은 일어나서 아장아장 걸어 연효에게 다가가 그녀의 품에 안겼다.

연효와 모두들 방금 태무랑의 말을 듣고서야 어찌 된 영문인지 조금쯤 짐작하는 듯한 표정을 지었다. 그가 무슨 방법을 썼는지는 모르지만 형무랑을 고쳐준 것이다. 말도 못하는 아이가 신동처럼 말하게 하고, 일어서지도 못하는 아이가 씩씩하게 걸을 수 있게 말이다.

"아아… 상공……."

연효가 왈칵 눈물을 쏟자 태무랑은 그녀의 머리를 쓰다듬으면서 빙그레 미소 지었다.

"무랑은 앞으로 병에 걸릴 일이 없을 테고 백 년 이상 무병장수할 게다."

＊　　　＊　　　＊

태무랑은 아소와 연효에게 낙성검문과 은지화에게 무슨 일이 일어났는지 자세히 들었다.

낙양성민들은 낙성검문이 어느 날 밤에 갑자기 멸문을 당했다고 알고 있으나 사실은 무극신련에게 급습을 당해서 초토가 된 것이었다.

멸문을 당할 당시에 은지화는 다행히 낙성검문에 없었으므로 목숨을 건졌다고 했다. 당시에 그녀는 북경에서 낙양으로 돌아오는 도중이었다.

은지화는 한동안 태가장에서 은신하며 낙성검문의 생존자들을 수습했고 이후 한 달여 만에 나갔다고 한다.

지금 태무랑은 은지화가 하고 있다는 낙양 변두리의 어느 무도관으로 찾아가는 길이다.

무적검무관(無敵劍武館).

그런 현판이 붙어 있는 전문 앞에 태무랑과 맹오, 군통이 서 있었다.

현판이나 전문이라고는 하지만 말이 좋아 현판이고 전문이지, 널빤지를 붙여놓은 정도고 전문은 그저 일반 가정집 대문보다 조금 나은 정도에 불과했다.

전문 한쪽이 열려 있어서 태무랑 등은 천천히 안으로 걸어 들어갔다.

안쪽에서는 아이들의 기합 소리가 들려오고 있는데 기합이라기보다는 그저 아무렇게나 내지르는 고함 소리 정도였다.

태무랑은 들어서자마자 마당에 예닐곱 명의 소년이 목검

을 들고 검술 수련을 하는 광경을 보게 되었다. 소년들 앞에
는 사범으로 보이는 중년인이 두 손을 허리에 얹은 채 우뚝
서서 호령을 하고 있었다.

불과 예닐곱 명의 소년이지만 또한 남루한 옷차림이지만
그들의 표정은 매우 진지했고 또 허공을 가르는 목검의 동작
하나하나가 예사롭지 않았다.

소년들이 검술 수련을 하고 있는 너머에서는 세 명의 남자
와 한 명의 여자가 집을 짓느라 여념이 없는 모습이 보였다.

태무랑이 둘러보니 소년들이 수련을 하는 마당 앞쪽에 단
층짜리 작은 건물이 한 채 있을 뿐이다.

이곳은 무도관이라기보다는 일반 백성들의 평범한 집보다
도 못한 수준이었다.

태무랑은 사내들에 섞여서 담을 쌓느라고 분주한 여자를
쳐다보았다.

얼굴에 흙칠을 하고 입고 있는 남루한 옷에도 흙이 더덕더
덕 묻은 그녀는 틀림없는 은지화였다.

그때 사범이 태무랑 등을 발견하고 의아한 표정을 지었다.

태무랑은 소년들의 뒤쪽으로 돌아 천천히 은지화 쪽으로
가며 조용히 그녀를 불렀다.

"화야."

사범은 태무랑 쪽으로 오다가 그 소리를 듣고 멈칫했다.

은지화는 막 벽돌 하나를 담 위에 얹으려다가 의아한 표정으로 태무랑을 돌아보았다.

헝클어진 머리카락에 초췌한 모습의 그녀는 그대로 돌이 된 듯 빤히 태무랑을 바라보았다.

쉴 새 없이 눈을 깜빡거리면서 지금 자신이 보고 있는 사람이 그 사람이 맞는지 확인하는 듯했다.

태무랑은 빙그레 미소 지으면서 천천히 그녀에게 다가갔다.

"잘 있었느냐?"

순간 은지화의 얼굴이 일그러졌다. 반가움과 기쁜 표정을 짓기 직전의 일그러짐이다.

그러더니 확 하고 눈물을 쏟더니 그녀는 벽돌을 팽개치고 엎어질 듯이 태무랑을 향해 곧장 달려왔다.

태무랑은 그 자리에 멈춰서 두 팔을 벌렸다. 예전에 은지화에게 별다른 감정을 갖고 있지 않았던 그이지만, 지금 그의 가슴속에는 그녀에 대한 연민과 미안함, 그리고 보살펴 줘야겠다는 책임감이 강하게 꿈틀거렸다.

콰악!

은지화는 울면서 울음소리도 내지 않고 그대로 태무랑 품에 안겨들었다.

그녀는 몸을 잔뜩 웅송그린 채 그의 품속으로 자꾸만 파고

들면서 온몸을 떨며 숨죽여 흐느껴 울었다.

지금 그녀가 느끼는 감정은 뭐라고 말로 표현할 방법이 없다. 인생을 몇백 번 다시 살아도 이런 가슴 터지는 환희와 기쁨은 느낄 수가 없을 테고, 인생을 몇천 번을 고쳐 살아도 지옥 밑바닥에서 갑자기 천상의 꼭대기로 승천한 듯한 이런 반가움은 경험하지 못할 것이다.

태무랑은 자신의 품속에서 마냥 울기만 하면서 몸을 바들바들 떠는 은지화의 등을 부드럽게 쓰다듬었다. 하지만 아무 말도 하지 않았다. 그 역시 가슴이 벅차서 먹먹해졌기 때문이었다.

사범도, 소년들도, 집을 짓던 사내들도 모두 하던 일을 멈추고 그 광경을 지켜보았다. 소년들은 영문을 모르지만 사범이나 사내들은 은지화가 왜 그러는지 짐작하고 있다. 그녀가 이럴 수 있는 사람은 천하에 단 한 명뿐이라는 사실을 잘 알고 있기 때문이다.

은지화는 두 팔로 태무랑의 허리를 꼭 끌어안은 채 한참이나 소리죽여 울어댔다.

태무랑은 빙그레 미소 지으면서 그녀의 등을 쓰다듬던 손을 스르르 내려 둔부를 쓰다듬었다.

'이 녀석. 또 쌌구나.'

"……!"

은지화는 움찔 놀라 그의 품으로 더 깊이 파고들며 떨리는
음성으로 전음을 보냈다.

[누… 가 봤나요?]

'아니다.'

태무랑의 생각은 그가 마음먹기만 하면 상대의 의중으로
그대로 전달된다.

[어서 소녀를 안고 안으로 들어가세요, 어서.]

태무랑은 그녀를 번쩍 안고 건물 쪽으로 걸어갔다.

'왜 오줌 싸는 것은 고치지 못하는 것이냐?'

[오라버니만 보면 이러는 걸 낸들 어떻게 해요?]

『무적군림』 10권에 계속…

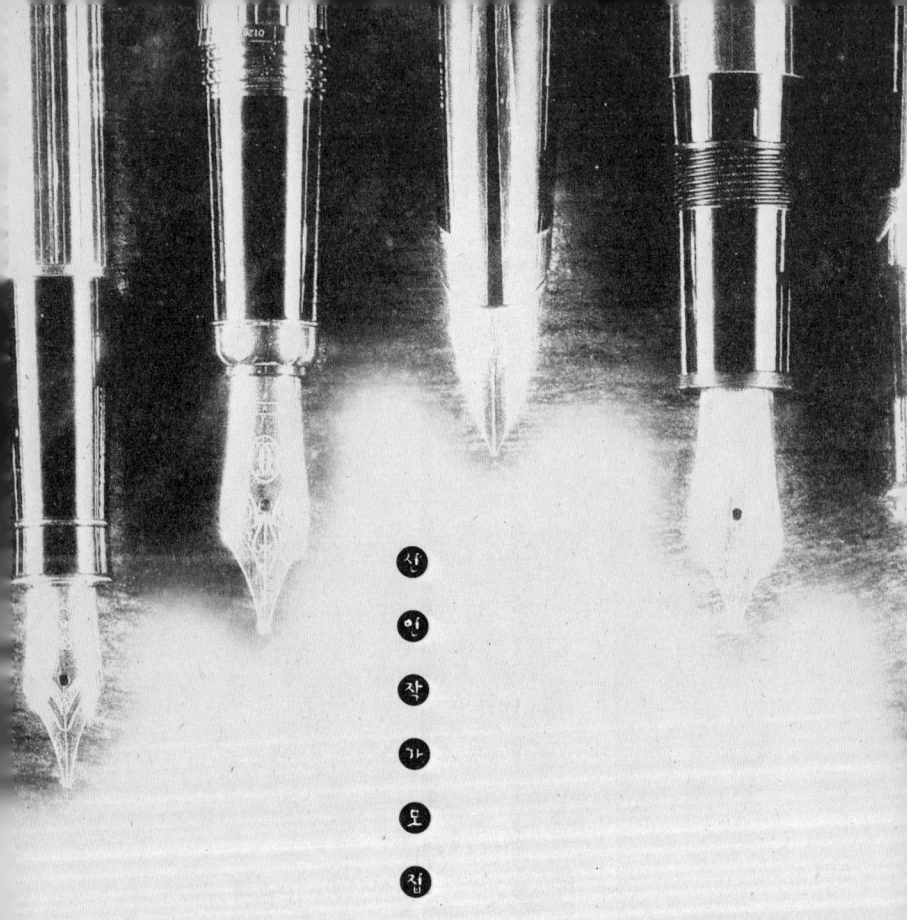

신
인
작
가
모
집

시작이 반이라고 했습니다.
작가의 길에 대한 보이지 않는 벽을 과감히 깨뜨리십시오!
청어람은 작가 지망생 여러분들의
멋진 방향타가 되어드리겠습니다.

저희 도서출판 청어람에서는
소설 신인 작가분들을 모집합니다.
판타지와 무협을 사랑하시는 분들의 많은 참여를 바랍니다.
소정의 원고(A4용지 150매)를 메일이나 우편으로 보내주시면
검토 후 출판 여부를 알려드리겠습니다.

주소:경기도 부천시 원미구 심곡2동 163-2 서경B/D 2F 우편번호 420-822
TEL:032-656-4452 · **FAX**:032-656-4453
http://**www.chungeoram.com**
e-mail:chungeoram@chungeoram.com

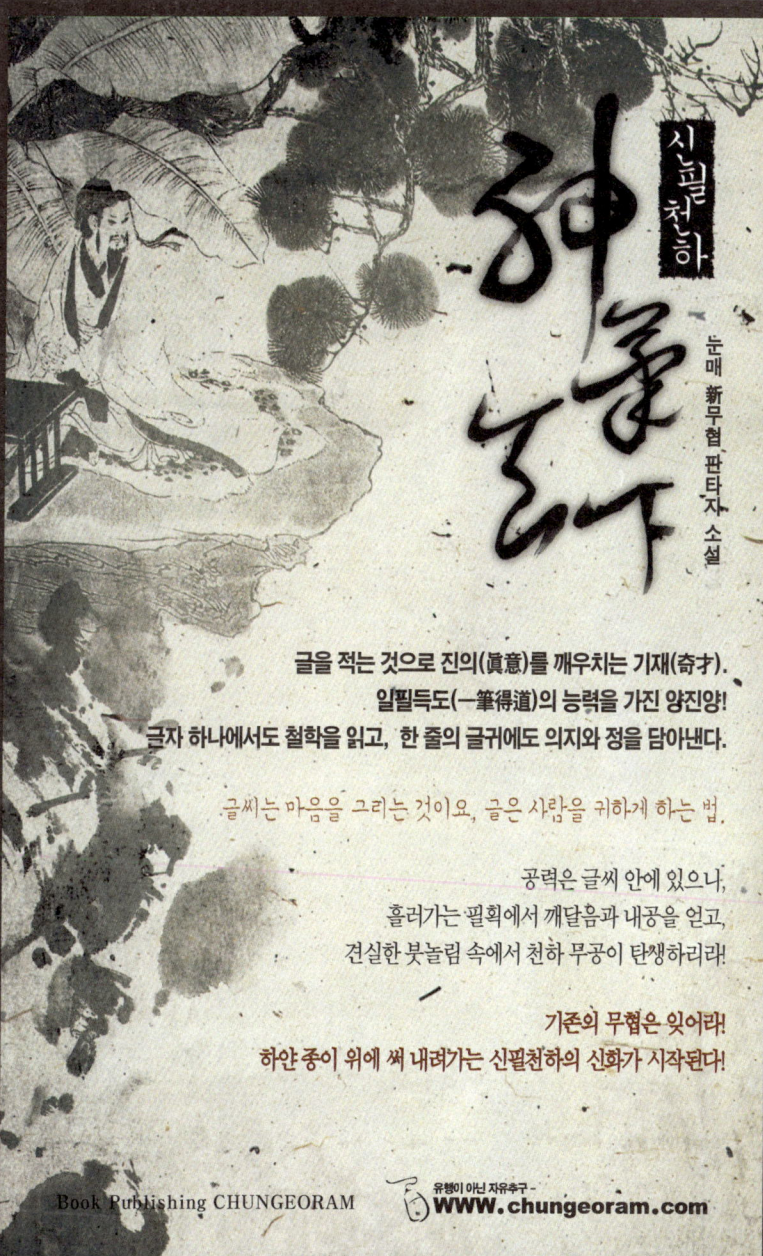

시늘필천느하

神筆

눈매 新무협 판타지 소설

글을 적는 것으로 진의(眞意)를 깨우치는 기재(奇才).
일필득도(一筆得道)의 능력을 가진 양진양!
글자 하나에서도 철학을 읽고, 한 줄의 글귀에도 의지와 정을 담아낸다.

글씨는 마음을 그리는 것이요, 글은 사람을 귀하게 하는 법.

공력은 글씨 안에 있으니,
흘러가는 필획에서 깨달음과 내공을 얻고,
견실한 붓놀림 속에서 천하 무공이 탄생하리라!

기존의 무협은 잊어라!
하얀 종이 위에 써 내려가는 신필천하의 신화가 시작된다!

김현석 현대 판타지 소설
전능의 팔찌
THE OMNIPOTENT BRACELET
「신화창조」의 작가 김현석이 그려내는
새로운 판타지 세상이 현대에 도래한다!
삼류대학 수학과 출신, 김현수
낙하산을 타고 국내 굴지의 대기업 천지건설(주)에 입사하다!
상사의 등살에 못 견뎌 떠난 산행에서, 대마법사 멀린과의 인연이 이어지고……
어떻게 잡은 직장인데 그만둘 수 있으랴!!
전능의 팔찌가 현수를 승승장구의 길로 이끈다!
통쾌함과 즐거움을 버무린 색다른 재미!
지.구. 유.일.의 마법사 김현수의 성공신화 창조기!
Book Publishing CHUNGEORAM
유행이 아닌 자유추구 -
WWW.chungeoram.com